这世界，缺你不可

You Are the One

吴大伟 著

推荐序

卢思浩

做一个
温柔
而有力量的人

大伟跟我年龄相仿，用我的话来说，就是我们都到了一个必须做选择的年纪。

小时候我觉得世界是非常简单的，简单到非黑即白，简单到仿佛长大就是一件水到渠成的事。梦想就像在列车的那头，只要随着时间推移，我们都能到达终点。后来才发现梦想更像一个气球，如果你不牢牢抓在手里，它就会在你不经意的时候离开你。

很多以前觉得会完美的故事，都没有迎来完美的结局。

很多以前觉得会陪伴的朋友，都慢慢疏远而分道扬镳。

好像在我们这个年纪，都会经历这样的事。

某年夏天，我接到一个陌生号码打来的电话，电话那头嘈杂无比，我依稀听出来那是演唱会。是那段被人用到烂的梗，台上的主唱说，打电话给你喜欢的人。我其实知道电话那头是谁，但我什么也说不出，然后就再也没联系。

六点起床只为了见她一面的那个姑娘，晚上熬夜在楼下一起抽烟的死党连同他欠我的那顿饭，失恋的时候陪伴我很久又突然失联的姑娘，散伙饭上抱着哭的哥们儿……后来也就没再见过。

这些年越发明白一件事，那就是没有人应该对你好。大多数时候我们只能靠自己。孤独这种东西比什么都粘得紧，你很难摆脱它。而大多数烦恼，越发无法倾诉，很多时候都难以开口。了解你生活的人越来越少，大多数人都只能看到你在人前的样子，少有人看到你人后的样子。

有段时间我甚至怀疑，成长是否是一件好事。

后来我又慢慢接触了很多故事，遇到了很多人，才明白成长不是发现世界越发黑暗的过程，而是发现世界越发复杂的过程。儿时觉得世界美好是因为简单，爱你的人都为你阻挡了复杂。世界没有很糟糕，也没有很美好，它只是复杂。真实的世界不会只有好的一面或者只有坏的一面，它势利、虚荣，却又时而真诚、善良。成长就是了解到这一点，然后相信你选择相信的。

就像同一个故事可以有正反两种解读；同样是离别，有人沉溺于回忆，有人却能把回忆变成一种力量。

大伟是一个温柔的人，所以他能够把身边的故事写得很温柔。明明是离别，他可以从里面看到相遇的价值；明明是失败，他可以从失望里看到未来的希望。

他就是这样一个人。

他或许不是你最熟的朋友，他和你保持着一点微妙的距离，说话平缓轻柔。在你说话时，他认真地看着你的眼睛，他不仅仅是听听，而且告诉你：“我知道的，你别担心。”

我有时候会想，他的力量来自哪里？这本书也许会告诉你答案，从小父母的分开，18岁的时候妹妹的出生，年纪轻轻就开始创业……

文字浅薄，现实刻骨。

现在看似没有死角的他，走过多少常人难以想象的路，但他还能用最温柔的姿态面对这个世界。

如果可以，我希望我们都会变得强大，然后选择做一个温柔的人。是的，变得强大，然后选择做一个温柔的人。用强大抵抗身边的恶意，就像在工作中被人中伤，你就用更出色的成绩去抵挡那些恶意。在这些时刻，你需要快、准、狠；就像你被一些人恶意伤害，你可以用自己的力量反击回去。

而另外一些时候，你可以不吝啬你的温柔。就像你在街头看到乞讨的老人和身有残疾却还在卖力画画的人时，你的口袋里可以有一些余钱给他们。

因为当你回想起一些时刻时，你会发现别人在不经意间给了你一些力量，而你也在不经意间给了别人一些力量，那么就把这些时刻记下来，延续下去。一个故事会变成两个故事，两个故事会变成更多故事，哪怕最后那些故事毫无关联，也无所谓。

我们写故事的人，也就是想传播这样一种力量。谢谢大伟带给我们这本书，谢谢大伟让我参与到这本书里。也希望你可以从大伟的故事里得到力量，我想对大伟来说，这是最让他开心的一件事。

卢思浩

X MAGOTS
LES DEUX MA

承认吧，

我们都需要彼此；

承认吧，

我们都需要爱

关于《这世界，缺你不可》，有个小故事。

在这本书出版之前，有两家不同的出版社来找过我。第一家找来的出版社想让我出一本写真，我当时想都没想就拒绝了，虽然他们给出的报酬很诱人。

我平日里是有点自恋，但还没有自恋到觉得自己可以出本个人写真的地步。

第二家出版社的编辑因为听过我之前的讲座，希望我写经营朴尔因子的心路历程，我也拒绝了。因为我觉得朴尔因子还没有发展为我想要的样子，还在进步，等以后时机差不多了，也许我会专门写一本书讲述朴尔因子的故事。

因为有写作的习惯，所以我把自己平日写的一些稿件发给了这两家出版社的编辑看，但几天后，他们告诉我可能用不上这些文章，一个说这样的文字和我的形象不符，一个说这些文字不是我的粉丝想看的。

虽然他们语气委婉，但我的自尊心还是多少受到了伤害。

所以出书这件事情就耽搁了下来，工作也实在忙，一晃就过去了五六个月。

后来我来了北京，又有几家出版社过来找我，也是各种不同的选题。我

想了想，把自己的文字逐一发了过去，和他们给我的选题定位都不大相符，我只是抱着再试一试的心态。

没想到有一天凌晨，其中一个编辑小颖给我发微信，说她看我写的那篇20年后我和沛沛的故事看得眼睛热热的。她有一个弟弟，她知道这种看着他慢慢长大、开始拥有自己的世界时的不舍感觉。

然后她打电话给我，那天晚上我们聊了很多，我把自己剩余的稿子也发了一部分给她，电话一直没挂，我就在这边静静地等着她看我的文字。

她说她看完了，然后有片刻的沉默。

她问我："真的全部是你写的吗？"我能感受到电话那边她语气中的激动。

我在想是不是这个编辑刻意奉承，但是我又听得出她的话是真诚的。

我说"是"，然后她说："拜托你，能让我们出版吗？"

我的助理说我当时答应得太冲动了，至少也应该衡量比对一下几家出版社给出的版税再做决定，因为第二天其他出版社也陆续打电话来说希望能够出版我的这些文字。

但我已经答应了小颖，我没有后悔。

因为我相信她是发自内心地喜欢我写的东西，这一点对我来说就足够了，其他的不重要。

我要在开篇感谢她，是她那晚的激动让我恢复了信心，也才陆陆续续有了后面的这些故事。它们藏在我脑子里面很久了，但把它们变成纸张上面的黑色铅字，我真的从来没有想过。我也一样兴奋。

第一次以作者的身份出现在你们面前，难免有些紧张。担心自己的辞藻不够华丽，担心自己的写作手法不够娴熟，担心大家看不到我真正想要表达的东西，担心……

后来我想了想，也许大家喜欢的，就是最真实的我。文字所表达的，就是一个人的内心，它最能展露一个人心底的想法，无论平时我们怎么掩饰自己。在写作的过程中，我能感受到这份直视自己的平静。

这本书里面写的，都是在我脑海里面像放电影一样存在的故事。参加完朋友聚会回家的路上、给妹妹讲完童话的夜晚、旅行路上的一个小憩，各种各样的故事在我的眼前闪现，我连忙把笔记本打开，生怕这些画面转瞬即逝。

我很庆幸自己活在一个精彩的世界里，总是遇到各种各样有趣的人，听到来自不同个性的朋友的爱恨情仇，生活里充满了有意思的故事。

细想想，其实每个人都是有故事的人哪。你的失恋、你的难过、你的挫折、你的坚强、你的振作、你的快乐……你能够和别人分享的一切，都是你的故事。而在这本书里，我想和大家分享的就是我的故事，没有什么了不起，没什么特别值得夸耀的，但又确实是特别的，因为我只有一个。在读这本书的你们，每一个都是。

我写了几个故事是关于我和妹妹的，或者干脆以她为主角。她和我相差十几岁，这让我带着她出去的时候，总是被误认为单亲爸爸。

她是我生活里非常重要的一部分。她教会了我感情里最重要的事是陪伴，她不在意我能给她买多少个芭比娃娃，而更在意我有没有听她讲话。

这可能是很多人没有办法体验到的事情。她让我的生活，在慢慢步入社会、应该走向成熟的时刻，塞满了她对这个世界最直接天真的看法。

我有时候会尝试从她的视角去看待生活，这是长大以后很难拥有的快乐。

她让我体会爱，也体会责任感和成长。

你会读到，书里面有我对爱情的看法。我谈的恋爱不多，还有很多是在想象里，我幻想在另一个时空里恋爱，我幻想和不存在于这个时代的人恋爱，我幻想在梦里恋爱。我有无数个想象快要撑破脑袋的夜晚，辗转难眠，所以我只好把这一切写下来。也许你觉得荒诞，也许你觉得有趣，但它们是真真切切地存在于我的脑海里的故事。

可能是处女座天生的好奇心，一个难解的奇异事件、一个无法解释的想法，甚至是朋友一个无心的问题，都会让我想到延绵不绝的未来世界，想到各种各样的可能性和创想。

我们是否能掌控自己的梦境，在意识中找到快乐？

在古老的莎士比亚书店，贴满字条的留言板上的那个人，是否真的来自过去？

世界上是否真的会有留念机这种东西，就算挚爱逝去，我们仍能和她的意识交流？

如果我从出生开始，就拥有预知一分钟内的未来的力量……

这本书里还有非常重要的一部分，来自真真切切地生活在我身边的人。有我理性第一的老妈，她总是出奇地淡定，幼时的我时常埋怨没有一个事事贴心的老妈，却在长大后感谢这样的她让我比别人更早地认识自己，找到自我。而她在年轻的时候，也有过一段轰轰烈烈的爱情，主角还不是我爸。

有我们品牌一起工作的老肖，她嗓门比谁都大，高跟鞋比谁都高，她一心只想着往前冲。当她发现自己跑得太快爱人根本追不上了的时候，她失落又迷惘，似乎只是当初那个任性的女大学生。

有在巴黎戴高乐机场因为一本童话书而结识的郭冉，她在不恰当的年纪遇到了让自己怦然心动的人，却不敢再用力去爱，也许是因为胆小，但是她又比我们想象的都要坚强。

有我们公司陷入姐弟恋的九五年的设计师，他有很多事情还不懂，唯一懂的，也许就是紧紧牵住所爱之人的手，因为他真的不想放手。

他们的故事里，都有一个“这世界，缺你不可”的人。

他们有血有肉，你可以感受到他们对生活的真诚热爱与追求。他们看着我成长，我也陪伴着他们经历人生，真实的生活里没有全剧终，只有继续抱着希望往下走。

因为属于自己的故事还在上演，还没到落幕的时候。

这是我的第一部作品，我要承认自己的文字还很稚嫩。其中一部分故事我甚至想过推翻重写，但几经挣扎，最终还是决定原封不动地呈现给你们。我也许能写得更好，但我再也没有办法重现当时的莽撞和热烈，即使是少不更事，也带着满满的诚意与感动。

这些我认认真真写下的故事，都有一个共同点，就是有爱。当你在脑子里面像放电影一般去回想这些故事时，你也许会停在某个画面，在细节里感受到幸福。

这就是我读书最大的乐趣：感受幸福。

我说：这世界，缺你不可。

谁说不是呢。

没了你，那又会有谁，愿意静下来，在温暖的被窝里、松软的沙发上、慵懒的咖啡厅里，去读我写下的这一个个故事呢？

即使做作，承认吧，我们都需要彼此。

即使矫情，承认吧，我们都需要爱。

CONTENTS

这世界，缺你不可

目 录

我们在相遇的这段时间里，彼此都在努力成长为更好的人，这就够了，不是吗？

STORY

这世界，缺你不可

这世界，缺你不可

你觉得平凡到不行的自己，
或许也占据了某个人的整个世界。
所以，无论你幸福不幸福，都要幸福；
无论你重要不重要，都很重要。

我遇到郭冉是在巴黎戴高乐机场。

刚下飞机，我拿着在飞机上给沛沛念的故事书《傻狗温迪克》在行李提取处等行李，拿好行李之后我给接机的NONO打了个电话，他让我们再等一会儿，先别出去，现在外面塞车塞得厉害。

我们找了个位置坐下来，沛沛马上爬到我的腿上，让我继续给她讲温迪克的故事，因为在飞机上她只听了三分之一就睡着了。我说“好，好，好”，翻了一下背包，才发现书不见了。沛沛以为是我故意藏起来的，无奈之下，我牵着她顺着原路走回去找。

一路上都是涌出来的人流，我们逆着人流找，快要放弃的时候，经过一间休息室，里面只有零星几个人，走进去我才看见一个穿着黑灰薄针织衫的女孩正在翻着那本《傻狗温迪克》。她穿着一双灰色的New Balance[①]运动鞋，留着黑色齐肩长发。我看她看书看得入了迷，甚至有点不好意思打扰她，沛沛扯了扯我的衣服，我才开口："呃，不好意思，我们刚刚丢了一本书。"

女生听到我的声音抬起头，突然有些慌乱地说："啊，对，这个应该是你们的，我刚刚在路上捡的。"

我这才看清楚她的五官，并不是特别漂亮，但是皮肤白皙，看不出来有没有化妆，但给人一种很舒服的感觉。

她把书递给我，我摆摆手："没关系，你可以看完再给我，这个故事很短。"

我也不知道自己为什么会这么说，可能是因为她刚刚那副专注的样子让我觉得她肯定很喜欢这个故事。

"没关系，我以前就看过，只是今天看到又忍不住翻了起来。"

"我也是，这个作家所有的书我都看了好几遍。"

"哈哈，我也是，特别是那个陶瓷兔子的故事，我最喜欢！还有那个浪漫鼠，我基本上每隔一段时间就会重新看一次！"

我想，这就是一本书的魅力吧，可以让两个毫不相识的人，在一个完全陌生的城市，突然感到熟悉和快乐，突然很想聊聊。

---

①新百伦，1906年创立于美国波士顿的全球专业运动品牌。

“我都不太好意思向别人承认我喜欢看小孩子的故事，都三十几岁的人了，哈哈哈。”她又摸摸头，自顾自地说。

“你没听过一句话吗？所有的童话故事都是写给大人看的。”

“嗯？怎么说？”

“我也不知道，但你不觉得听着很有道理吗？”

这时候沛沛已经在她旁边坐了下来。

“你女儿？”她指着沛沛问我。

“呃，你觉得我们像父女吗？”

“不像。”她皱着眉头看我，然后又低头笑着对沛沛说，“你可爱多啦。”

沛沛咯咯咯笑了：“他是我哥哥。”

女生一脸惊讶的样子，突然又眯着眼看着我的脸：“怪不得我觉得你那么眼熟，你是不是那个……”

我突然感觉有点尴尬，赶紧问了句：“你来巴黎玩？”

“不是，我要去布拉格，在等转机，你们呢？”

“我陪她来旅游的。”

“真好！我每次来巴黎都是为了工作，从来没认真玩过！”

“你的工作是……”

原来她叫郭冉。

她说她在上海一家进出口贸易公司工作，公司不大，大小事基本上都是她包办，而且她还经常需要去欧洲一些小国家出差。在旁人听来真的是一份梦幻得不得了的工作，但是其实几乎没有自己的时间，周末也常常被工作占据。就算是出差，也基本上都泡在工作里，因为如果合作谈不拢，就等于这次出差什么事都没办成，压力不是一般地大。

“不过你一点也没有三十多岁的样子，你不说我还以为你和我同岁。”

“你真会说话，哈哈哈，不过大家都说我年轻哦。”

郭冉不谦虚的样子，真的挺可爱的。

说起为什么会喜欢凯特这位儿童作家，郭冉说：“This is a long story（说来话长）.”

我大笑：“We are all ears（我们洗耳恭听）.”

刚刚说到她在一家进出口贸易公司做事，常常要出差，因为每次跑出去都要办签证，耽误了不少时间，所以郭冉的老板索性让她办个欧洲小国家的移民，钱不多，但是能解决很多问题。

郭冉想想也是，如果有个国外身份，以后也肯定便利不少，所以就着手找移民公司。

联络几家之后，她找到一家国内比较大的移民公司，约了个时间直接面谈。

她走进移民公司的时候，人特别特别多，本来和她约好时间的刘顾问临时请了假，把她转给了另外一个顾问。她看着来来往往的人，在一个暂停服务的柜台前坐了下来，开始玩微信。

这个时候，一个穿休闲服的男生在她对面坐了下来，径直问她：“你好，有什么可以帮到你的吗？”

郭冉抬头，看到一张很像张孝全的脸，一不留神犯了花痴。

“我本来……约了……刘顾问。”她说话莫名其妙地磕巴起来。

“没事，你把资料给我吧，我来帮你办。”

这个时候郭冉恢复了理智，因为之前跟她沟通的刘顾问是金牌顾问，已经四十多岁了，一看就是经验老到，办事效率高，换了个这么年轻的，谁知道靠不靠谱。

“没关系，我还是等李顾问吧，刘顾问把我转给他了。”

“这位同学，我这是在为你考虑，你看看这些咨询的人，你觉得你今天排得上吗？”

说真的，他嬉皮笑脸的样子一点也不讨厌。

唉，这个看脸的世界。

“好吧，我主要是想移民去布拉格。我考虑过很多国家，感觉捷克这个国家的移民性价比是最高的，但是……”

郭冉一边说，一边把填好的资料表格都递给了他。

“好，以后我就是你的全职顾问了，叫我梁栋就可以了！”

RUE
DE LA MAIRIE
RUE
de la MAIRIE
15
D 201
BENNECOURT
BONNIERES
Zone

梁顾问看也不看资料就收了起来："这里实在太多人啦，我们出去找家咖啡厅聊聊。"

郭冉还没反应过来，就已经出了移民公司的大门，和梁栋到了楼下的星巴克。

"我一度觉得他是骗子，混进移民公司，趁人多把我给骗了！"郭冉笑着说。

她谈到那个梁先生时的样子……怎么说，会让你很容易就看出来，她在说一个她喜欢的人。

"后来呢？"我问。

后来的郭冉和梁栋就没怎么再见面了，基本上都是通过电话联系，但两个人聊着聊着移民的事情，就不自觉地聊了很多有的没的，比如喜欢吃的东西、喜欢看的电影，经常一聊就是几个小时。

不得不说，郭冉很喜欢和梁栋打电话的时间，但她也没有多想，觉得可能因为梁栋是移民公司里面资历比较浅的，第一次接单，当然特别积极。

没过多久，出差的工作安排又来了，这次是捷克。她在电话里告诉梁栋自己要出差，移民的手续要等出差回来再办了。

梁栋在电话里一副大惊小怪的样子："我也要去捷克！怎么这

么巧？”

郭冉觉得他一定是在逗她，笑着说：“好啊，那捷克见。”

挂了电话，郭冉开始收拾行李。

没有料到上海飞捷克的航班延误了，足足晚了两个小时。郭冉到了捷克机场打开手机的时侯，发现自己的微信已经炸了。

全部都是梁栋的信息。

“到了吗？”

“航班延误了，还是没有电话卡？”

“我在大厅里等你。”

“你的飞机……也太慢了吧？”

“好无聊，你到底到了没？”

“你该不会已经走了吧？”

“不可能啊，我一直盯着出来的人看。”

“你再不到我就给你发自拍了。”

郭冉看着信息，嘴角忍不住地上扬，她拖着行李，不自觉地加快了脚步，往出口大厅走去。

真的是梁栋。

远远地就可以看到他的短发，看到他穿着白色T恤和牛仔裤的样子。

郭冉忍不住小跑过去，但又提醒自己要克制一点。

“梁栋哥哥是不是特别帅？”沛沛拉着郭冉的手问。

“哈哈哈，没你哥哥帅。”

“我哥哥才不帅呢，他总是欺负我。”

看到梁栋的郭冉平复了一下心情，若无其事地说：“你来这里干吗？”

“不是说好了捷克见吗？”梁栋说话时认真地看着郭冉，眼睛发着光。

“你知道我给你发了多少条微信吗？”他把郭冉的行李接了过来，“小国家的航班最容易出事了，我真的担心得不得了！”

唉……

郭冉在心里叹气，因为她知道，自己有点喜欢这个梁顾问了。

把她送回酒店之后，梁栋回了自己的酒店。第二天郭冉就要出发去取合同，然后办个手续就差不多了。这算是这么多次出差里面最轻松的一次，她在路上还在盘算，等会儿事情结束了就联系梁栋，看看他有没有时间出来一起吃个饭，顺便谢谢他给她接机。

到了约定的地点，是个小饭馆，进去之后她找到了之前的联络人，对方公司来了四五个男的，围着一张圆桌子坐着，郭冉看到的时候觉得气氛有点不对。

她坐下之后，简单地用英语介绍了一下自己，结果对方没说话，反而把服务员叫了过来，开始点菜。

郭冉心里想，原来是想顺便蹭顿饭，这阵势摆得……等会儿别忘了拿发票，回去好报销。

郭冉笑着用英语说："这餐我请客。"结果联络人用蹩脚的英语问她："款汇到了没有？"

郭冉觉得莫名其妙，因为这笔单子的状况是，定金老板已经付过了，合同也已经敲定无误，派她过来主要是把合同拿了，手续办完就可以走人，没说有额外的费用。

郭冉解释了一下，结果对方坐在最中间的那个人突然站起来拍桌子，然后指着郭冉用当地话吼了好几句，她一个字都听不懂。

她有点被吓到了，求助似的看着联络人，联络人听那男的说完之后问郭冉："你是想转账，还是现在我和你一起去银行提款？"

郭冉彻底蒙了，虽然她出过很多次差了，但这种情况还是第一次遇到。她也不敢乱说什么，就说她现在就打电话汇款。联络人翻译给那个男的听了，他才坐下。

她起身离开餐桌，一步一步地走，又不敢走太快，手里紧紧攥着手机，给老板拨了电话。

结果老板没接。

其实她最先想到的人，是梁栋。

她又有点不敢打给他，毕竟这是自己工作范围内的事情，但想了想里面的阵仗和那人凶神恶煞的表情，她还是拨了梁栋的电话。

他很快就接了，郭冉简单地说了一下情况，梁栋刚开始接电话时还在开玩笑，后来语气渐渐严肃起来："你就跟他们说汇款需要时间，让他们等一等，我现在就过来。"

郭冉不知道该怎么形容这种感觉，因为在那种情况下，她真的不知道可以找谁，而这个只是在移民公司有过一面之缘的小职员却可以为了她放下手里的事情赶过来，多多少少有一种梦幻的感觉。

重新坐下来的时候郭冉的心已经安定了，她笑着跟他们说再等一等就好，然后拿起餐具开始吃东西。

梁栋到的时候先是和联络人聊了两句，然后直接帮郭冉叫了一辆出租车，让她回酒店等着。

郭冉本来工作起来也是狂人一个，但这次她乖乖地听了他的吩咐。

等梁栋回来，已经是晚上8点多了。

他这才告诉郭冉，原来是因为之前郭冉的老板跳过对方公司营销部的人，直接从他们老板那里拿到了订单，确实已经签了合同，但营销部的人因为自己拿不到回扣而不爽，就把合同扣了，然后才有了今天上午发生的情况。

"那后来呢？他们需要多少钱？我打电话跟老板商量一下，可以明天再和他们碰一次面吗？”

梁栋打开背包，把合同抽了出来：“我已经帮你搞定了。”

“多少钱？”郭冉拿着合同翻看，确认了好几次，没有问题。

“没多少，十万。”梁栋耸耸肩。

郭冉瞪大了眼：“你哪来那么多钱？有钱你也没必要给啊，我跟我老板说一声，他会给他们打钱的，你干吗要帮我们垫？”

“这不是麻烦吗？”梁栋不耐烦地打断了她，“你肚子饿了吗？”

郭冉一下子不知道说什么好，只好点点头。

两个人叫了出租车，一路上郭冉总觉得哪里不对劲，但又怎么都说不出来究竟是哪里不对劲。

梁栋带她去了海边的一家餐厅。天已经黑了，餐厅的四周点上了玻璃罩住的篝火灯，每一张餐桌都是独立的，四根柱子撑起一个屋顶。海边有点冷，服务生给郭冉披上了披肩。

郭冉终于想起不对劲的地方在哪里了：“你究竟是干吗的？你一个做移民顾问的，哪儿来那么多钱？”

“哈哈哈。”梁栋忍不住笑了，“你这么瞧不起我们顾问啊？”

“不是，我就是觉得不对劲。”

“对，我平时确实不在那里工作，那是我爸的公司。那天有空去溜达，谁知道遇到了你。本来想恶搞一下的，结果还真的成了你的顾问。”

郭冉又愣了，毫无逻辑地问了句："你知道我多少岁吗？"

"当然知道啊，你第一天把资料交给我的时候我就知道了。"

"那你多少岁？"

"我九〇年的。"

OMG[①]，郭冉心里只有这三个字母。30岁对25岁，这年龄差让她开始想逃了。

"但是当时刚好上菜了，我实在太饿了，所以还是决定吃完再说。"郭冉说话的时候，你只会感受到她的有趣和幽默，一点也没有历经世事的那种感觉，真的一点都没有。

这个时候我才发现自己的手机屏幕在闪，是NONO，原来他早就到了，给我打了好几个电话我都没有注意到。

"不好意思，我要走了。"我匆忙站起来牵沛沛的手。

"没事，有机会上海见。"郭冉摆摆手。

走出入境大厅，坐上NONO的车，我们开始了巴黎之旅。

后来的故事，是郭冉在微信上告诉我的。

在捷克那天的晚餐，他们聊了很多，分享了自己以前的故事。

① "Oh,My God"的缩写，意为"哦，我的天哪"。

郭冉的妈妈在她很小的时候就得了癌症，家里为了给她妈妈治病，四处借了很多钱，但拖了几年之后，她妈妈还是走了，所以她从小和爸爸一起生活。而她这么拼命地工作，也是为了还清之前爸爸欠下的债，让爸爸过上更好的生活。

而梁栋的妈妈在他5岁的时候抛下了他和爸爸，跟着一个富商跑了，这也是他的爸爸从一个大学老师改行下海创业的原因。后来他妈妈回来找过他们父子俩，带着一个小梁栋5岁的妹妹，他和这个同母异父的妹妹成了好朋友，但是他始终没有办法原谅妈妈。

我们都只看到了别人生活中最华丽的那一部分，忘了他们为了那一部分，付出的到底是什么。

回国之前，在捷克机场，梁栋送了一本书给郭冉，叫作《傻狗温迪克》。

这本书是他爸爸送给他的，里面讲的就是一个从小没有妈妈陪伴的孩子的故事，他很喜欢，经常翻来覆去地看，所以这本书他常常带在身边。

郭冉在回国的飞机上读完了这本书，下了飞机之后，她把这位作家写的所有的书都买了下来。作者名叫凯特，从小就是在单亲家庭里长大的，所以自己书里的主角，也大多来自单亲家庭。很多时候，作家写东西其实是为了慰藉自己，但同时也抚慰了很多难过的心。

回国之后，郭冉一直尝试着联系梁栋，一方面是想把钱还给他，另一方面，她想见他。

可能更多的是，另一方面。

但梁栋一直躲着她，每次接了电话就说自己忙，匆匆挂掉。

有次郭冉已经有点恼火了，结果梁栋挂了电话之后发了一条短信过来：今晚出来还债！国金星巴克。

其实郭冉也没猜到，梁栋一直躲着她的原因是担心郭冉还钱给他之后，两个人就没什么机会再见面了。

而这次见面，两个人还是像之前那样聊了很久，但结束后两人就各自回家了。

没有发生任何事情。

乃至之后半年的时间里，两个人都还是以这样的频率见了好几次面，吃了好几次饭，每次都很开心，但仍然没有发生任何事情。

最后，是郭冉自己断了这种联系。

她曾经想过这是不是梁栋的一个游戏，也许他同时跟很多女生保持着这种微妙的关系，看起来是暧昧，但其实又比暧昧多了很多很多。

但她相信梁栋没有，她之所以也没有踏出那一步，只是因为她自己也害怕，因为在这样的年纪，她已经不允许自己有任何差错了。

而梁栋却拥有很多的选择。

郭冉在最后是这么和我说的：

“我其实觉得自己挺丢人的，因为我这辈子活到现在啊，拿得出手的故事也就这么一个，这也是为什么我跟你说的时候把他称作前男友的原因，可能我对于他来说，只是非常非常不起眼的一小部分，但是他对我而言，真的是让我在以后的日子里能惦记很久很久的人。我到现在还记得在捷克机场看到他时的那种感觉，真的真的，一点都忘不了。”

是啊，有时候停下来想，路上那么多的人，每个人，都有着满满的一段人生。那个看起来平平凡凡，和大家一样上班、打的、吃饭、喝水的人，可能是另一个人生命里最最重要的一部分；而你觉得平凡到不行的自己，或许也占据了某个人的整个世界。所以，无论你幸福不幸福，都要幸福；无论你重要不重要，都很重要。

因为，这世界，缺你不可。

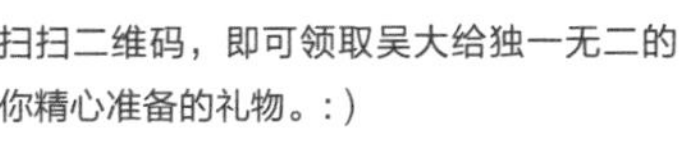

你 很 重 要

TALKS

你有属于你的世界

每个人心里都会有不同程度的自卑吧。上学的时候，同桌买了一双最新款的耐克球鞋；工作的时候，看起来总是很轻松的同事，业绩却一直比你好；那个长得比你难看的女生，最后居然找到帅气又多金的老公；就连从小一起长大的亲兄弟姐妹，父母也有意无意地偏向另一个……

有时候我们挂在嘴边的那种不安全感，其实也是打心底里不太想承认的那一点点自卑吧。如果你愿意，听我说一句，那些看起来自信满满或者总是春风满面的人也会有自卑的时候，只是不大有人会看到他们这一面罢了。

我们都被一句看起来说得很对的话骗了：“这个世界，没了谁都照样转。”说得没错，更现实一点讲，就算这个世界上的人类都灭绝了，地球还是照样转。但属于你的世界，缺了你，真的不行。

宇宙中的无数星球，都在自有的轨道发光发热，不管围绕着谁旋转，也都坚持着自转的频率和节奏。那些穿越过亿万光年让我们看到的星之轨迹，就是它们存在的证据。

所以，从今天开始，请记住另一句话：“这世界，缺你不可。”

STORY

这世界，缺你不可

博杜安的阴谋

贪念永远是最可怕的东西，
最后只会让人自食其果。

在法国的第五天，巴黎旅游局安排我们拜访博杜安先生的时候，我颇感意外。我只是提了一下，而他们真的帮我安排了。

大家可能对博杜安先生不太了解，我对他也只是略有耳闻。他是法国制香界最为神秘的人物，关于他的故事有很多很多，比如有人说他能够闻到十公里以内的所有味道，并且能精准地说出每一种味道的距离；也有人说他能够凭借气味去记住一个人，只要是他见过一面的朋友再次拜访，一进入他家的前厅，不需要通报，在楼上卧房里的他就知道是哪个朋友来做客了。

当然，这些都是传说，究竟是怎么一回事，还是要见了他本人才知道。

旅游局的介绍人把时间约在了早上10点，在巴黎的香水博物馆。

香水博物馆的外观没有想象中大气，倒是别有一番精致的感觉。

我到的时候，他们似乎已经早早在等待了。

“吴先生，你好，今天我们的香水博物馆不对外开放，仅供您和博杜安先生会面。”

“Merci bien.”我用法语说了谢谢，我来巴黎的这几天也只学了简单的几句。

这时候，一个矮小的中年男人从里面走了出来，他的头发已经不那么茂密了，看起来慈眉善目，穿的衣服也非常讲究。

“Bonjour，Baudoin（博杜安先生，您好）.”介绍人跟他打招呼，他就是博杜安先生。

他径直向我走来，一边伸出手，一边说：“早上好，你一定就是大伟，对不对？”

我没想到博杜安先生会说中文，虽然有点蹩脚，但对于外国人来说，已经是很不错的水平了。

“博杜安先生，你的中文很棒。”我也伸出了手。

“中国是世界的趋势。”他又笑了，看起来充满了善意。

接着我就跟着他们参观香水博物馆，因为博杜安先生本来就会说中文，所以旅游局派来的翻译小姐没有派上用场。

博杜安先生告诉我，最好的法国香水都产自格拉斯，而Fragonard（花宫娜）是格拉斯最为顶级的香水工厂。

他也简单地介绍了一下香水的制作过程。采摘来的花瓣泡在水里，然后加热，水蒸气带着香精挥发出来，然后再次凝结。由于香精的密度跟水不同，当它们再次凝结时，水和香精就分成了上下两层。

接着，我们看了一些古董的香水瓶和盛放香水的器皿，他们甚至打开了一些国宝级的香水，让我试闻。

整个过程中我都表现出一副兴趣缺缺的样子，其间还打了不少次哈欠。

但博杜安先生似乎丝毫不介意。

在参观快要结束的时候，我提出："博杜安先生，你帮我亲自调配一款香水吧。"

我故意表现得无礼，谁知博杜安先生依然是一副笑眯眯的样子："噢？你有什么比较喜欢的味道吗？"

"重要的不是我喜欢不喜欢，而是闻到的人是否喜欢。"我看着他说。

博杜安眉头一紧，随即又舒展开，然后他对身边的人说："让我和吴先生单独聊聊吧。"

我跟着他上了香水博物馆的三楼，通道在二楼一个很隐蔽的地方。

博杜安先生打开了他房间厚重的镂空雕刻木门，我们走进他的办公室。里面的空间出乎意料地大，大理石的地板，精致的羊毛金线地毯，挑高的天花板上悬挂着四五盏水晶灯，有两面墙壁全部是一格格木质的抽屉，贴着法语标签，四处摆放着铜质和银质的艺术品。

“博杜安先生的办公室好气派。”我双手放在背后踱着步。

“工作的地方就是赚钱的地方，不可以省钱。这是你们中国人说的。”

博杜安打开了其中两盏水晶灯，房间里变亮了一些：“吴先生，过来坐。”

我走过去，在他办公桌前的单人沙发上坐了下来。

“吴先生为什么会说刚刚那句话？”他也坐到了他的皮椅上，脸上还是带着充满善意的笑容，但在这样的灯光下，看起来很诡异。

“香港的李先生告诉我的，他说博杜安先生这里，有特别的香水。”

“我想你和李先生的交情一定不浅，他从来没有介绍过任何人来这里。”

“他是我的岳父。”我回答。

“噢？我没听说过他有女儿。”他饶有兴味地看着我。

“你不知道的事情还有很多，博杜安先生。”

“哈哈哈。”我听得出来他的笑有些尴尬。

“博杜安先生，我们进入正题吧。我们的竞争对手就是得到了你们的配方，所以最近对我们穷追猛打。”

“吴先生，我们不轻易……”

“罗斯演奏团也是你们的杰作吗？”我打断他。

他用讶异的眼神看着我：“你怎么看出来的？”

“一个名不见经传的演奏团，第一次在维也纳表演后就不断加场，现在已经在全球巡回演奏了。我戴了口罩去听他们的演奏会，根本只是一个资质平平的演奏团，我只是不懂，你们是怎么做到在演播厅里传播气味的？”

博杜安又笑了：“我们提前把所有的乐器都泡在香水里面，只需要一点点罂粟，再加上迷迭香掩盖，弹奏的时候气味就会自然挥发到空气里，根本不会有人察觉，哈哈哈。”

“那我岳父手下的那些艺人……”

近几年香港有很多样貌和唱功都平平的艺人，在开了一场演唱会之后就瞬间爆红，全是出自岳父的公司旗下，我终于明白是为什么了。

“那当然。这都不算什么，我们最大的生意其实是名牌包袋，你知道为什么全世界的女人都对欧洲的皮包这么痴迷吗？每一个名牌包在出厂前都添加了一道工序，神不知，鬼不觉，买了一个还想买第二个，尤其是你们中国的女人……”

我尽量表现得淡定。

“我想买下你们的配方，我要比我们的竞争对手更加有吸引力的配方。”

“年轻人，如果每个人都来这么要求我，我还拿什么做生意？”

“我可以出他们两倍的价钱。”我掏出支票夹。

“呵呵，吴先生，我可以为你调配一款香水，但是我不能保证会比他们的更有吸引力，因为所有香料的添加都不可能过量，我可不想到最后闹出人命。”

我点点头：“我的要求就是配方独一无二。”

这个世界上没有什么东西能让所有人趋之若鹜，除了毒品。

回到中国之后，我把所有搜集的资料都递交给了国际警察，包括我在博杜安先生办公室里用针孔摄像头拍下的一切。

这可能是涉事品牌企业最多的一起国际刑事案件。

李先生不是我的岳父，而是受害者，他的确没有女儿，有两个儿子，他们因为贪恋独特香味同时爱上了演艺公司里的一个女明星，但他们不知道是出于这个原因。他们每天都和她待在一起，渐渐上了瘾，后来弟弟为了争夺所爱的女人，竟出手把哥哥推下了阳台。惨剧发生后，李先生才找到警察报案。

李先生为了靠手下的艺人赚钱，买下了这让人上瘾的香水配方，最后，一个儿子死了，另一个儿子坐了牢。

贪念永远是最可怕的东西，最后只会让人自食其果。

完成这个任务，我去了巴厘岛度假。每次出任务我都要扮成各种不同的角色，时间久了也真的有点累了。

在沙滩上散步，白色沙子很柔软，踩在脚下很舒服。夕阳落在地平线上，海面有点泛红。

我坐了下来，看着潮涨潮落，海水一下一下地淹没我的脚。

我从裤袋里掏出临走时博杜安先生送我的那瓶测试品，这可能是世界上最后一瓶让人迷恋上瘾的香水，容量只有5毫升的小香水瓶，我一直带在身上，并没有交给警察。

打开瓶塞，我就能感受到这香味的召唤力；涂抹一点点到手上的静脉处，找一个人多的地方，我就能感受到自己的召唤力。这是临走前博杜安先生告诉我的，我还记得他那善良但诡异的笑容。

那个木质的瓶塞似乎一直诱惑着我。

我狠了狠心，用力一抛，远处的海面溅起了一个小水花，随即恢复了平静。

VIADUC DE PASSY
1903 - 1905

TALKS

你可以治愈自己

从小学开始我就寄宿了，那个时候我最羡慕的就是走读的同学，因为一到放学的时候，他们就会欢快地收拾书包，和身边的同学有说有笑地到校门口等爸爸妈妈或者是爷爷奶奶来接自己。而我们寄宿的就只能落寞地在教室里磨磨蹭蹭，消耗时间，因为等会儿也不过就是去个食堂，吃完饭回宿舍洗澡，然后回到教室上晚修。虽然星期三和星期四偶尔的加菜值得我们掐着点狂奔去食堂排队，但走读的同学回家想吃什么都可以啊，他们还可以在放学路上买杯奶茶，或者吃吃街边不利于健康但是美味的小吃。我们这点念想对于走读的同学来说不算什么。

看书这件事情，是后来我在学校里面找到的唯一能够让我快乐起来的事情。当时我们学校的配备设施还是不错的，可以从幼儿园一直念到高中，学校里面有好几个游泳馆、练琴房，甚至还有一座山。山上还有观星台，很多时候都有情侣偷偷摸摸地上山谈恋爱。而我最在意的，是学校里面有一个大图书馆和无数个不同风格的阅览室，因为我实在无法忍受放学后到晚修开始前这段时间的寂寞，所以我找到了我的发泄出口，就是阅读。

一放学我就直奔图书馆，找一本书名感兴趣的书，然后就近找个座位，坐下开始读。我从最简单的带拼音的童话故事读起，后来慢慢看一些世界名著的简写本，就是那种专门把世界名著缩减了，用最简单的话来表达的版本，其实也就是给小学生看的。我还记得当时看的一本《基督山伯爵》居然配的是无比美型的动漫插图，让我一度以为当时法国人就是如此地“日系”。

后来我的阅读面慢慢地扩大了，我开始读一些爱情小说。虽然是小学，但身边的同学里面已经有人开始拍拖了，他们给对方带早餐，下课的时候赶走同桌，和对方坐在一起，或者是两个人有意无意地走在一起。这总会引起身边的人起哄。有的时候老师同时点到了他们两个回答问题，班里就会有一阵小小的沸腾。我一直觉得他们是享受这种看似低调却能引起话题的关注的，这多过喜欢对方这件事。好吧，我承认我阴暗了，我是羡慕嫉妒恨，到现在还是，看到别人秀恩爱，表面上宠辱不惊，心里想的却是“你们等着，等我恋爱了，有你们好看”。

长大后，我觉得失恋时候的心境和小时候的这个阶段很相似。但失恋不一样的地方，是悲伤的心情来源于对比。以前自己在吃饭前都能拍个照，和恋人分享自己的食物和心情；以前一有空就迫不及待地打开微信，发出一句“你在干吗”，然后满心欢喜地等待回复；以前不惜花费很多时间和代价，只是为了给对方准备一份生日礼物，在这个过程中，一想到对方就会甜蜜傻笑。

谈恋爱的时候，无论恋人是在实际生活中陪伴着你还是在想象中，你都因为爱，让这个人充斥了你的整个生活。所以我们常常会听到，人在恋爱之后生活就好像失衡了，似乎逻辑都混乱了，因为你让那个人充斥了你生活的边边角角。所以，失恋的你，才会猝不及防。起床后的第一条短信不知道发给谁，睡前的最后一句晚安不知道找谁说，你曾经在房间的这个角落和他打过彻夜的电话，你曾经在沙发上和他一起抱着枕头吃水果，曾经的花园变成现在难堪的情感废墟。再没有比失恋更让人感觉到孤独的了。这种精神上的折磨就像是在你的感情里敲进一根钉子，深深敲进去之后又强行拔出，不流血才怪。所以你开始打电话给朋友，你开始看失恋电影、听伤心情歌，你希望找到认同感，你还在对过去的回忆死死纠缠，为的就是让另一个人填满那个你心里空了的位置，就算不能真正填满，好歹也要暂时顶替。

告诉你一个好办法，我试过，选几本喜欢的书随身带着。书其实就是作者想告诉别人的一些话、作者自己遇到问题时的心境，找到一本好书、一个故事，就像找到了陪伴。作者们会告诉你一些事实，那就是这个世界上，失恋的人不止你一个，每个人都有自己的疗伤期，所以你根本不孤单。还有很多为情所伤的人写下一个个背叛爱情而不得善终的故事，为的也是替同在失恋中的你出一口恶气。

每个人都要经历这个过程，但依赖朋友、依赖家人，不如依赖书。因为你在倾诉的时候，你在痛哭的时候，别人的话只能在表面上止疼，当你自己一个人的时候，你还是无法面对。而看书能让你安静下来，让你反省，让你思考这段感情里的细枝末节，然后你慢慢地就会知道问题出在哪里。这是一个过程，如果你要走出来，就一定要接受这个过程。因为当你真正放下之后，你会明白，对方好与不好，都跟你没有关系了。你还可以豁达地祝福他过得更好。找一本书吧，失恋了也没什么大不了，受伤了就自己努力让伤口慢慢变好。我没有那么厉害，没有治愈你的能量，能治愈你的，只有你自己。

叶婉的故事

这是叶婉在她以后的漫长岁月里都没有办法忘却的一个夜晚。

她说以前总觉得定格这种事情只会出现在电影画面里。

STORY

这世界，缺你不可

叶婉一直说自己年轻的时候只有七十多斤，留着清爽的短发，唇红齿白，放在现在也绝对是受欢迎的美少女类型，就是个子矮了点。

我说：“是是是，绝对如此。”

叶婉的故事，要从东北的上海三姐妹服装店说起。

叶婉是浙江温州人，在她16岁的时候，父母给了她一笔上学的费用。叶婉有七个姐妹、一个弟弟，不是每个人都有机会上学念书的，排行第二的叶婉攥着这笔不大不小的钱，心一直扑通扑通地跳，因为她一直想着那个藏在心里的小小心愿——她想学做衣服。

但她不敢和任何人说这样的心愿，毕竟这和去学校念高中相比，实在是太登不上台面了。

那时候隔了两条街的地方，来了一个上海的老裁缝，听说他做的西装特别笔挺，做女生的礼服更是远近驰名，所以那段时间叶婉天天跑去看老裁缝做衣服。她就坐在老裁缝店门对面的台阶上，看着店里络绎不绝的客人，老裁缝只要用尺量几下客人的身材尺寸，拿了布料，就让人回家等着，过一个星期再来取衣服。每当客人走得差不多了，叶婉看到老裁缝开始在布料上用粉笔画线，她就激动得不得了。

更让她激动的是，老裁缝在门口贴了一张告示，说他要开个裁缝班，每天早上上课。

叶婉的心又开始扑通扑通地跳了，她鼓起勇气走进裁缝店问要怎么报名，老裁缝隔着金丝框眼镜，笑着递了一张报名表给叶婉，而报名表上，除了几项要填的信息之外，还有上课所需要的费用。

我们都应该猜到了。

叶婉想用爸妈给她的那笔学费去上裁缝课。她知道要是被发现，自己肯定是吃不了兜着走，但想到如果要去上学，那么每天都要坐在教室里动弹不得，还要像大姐一样每天放学后写字、练算术……那肯定比被父母发现她学裁缝更痛苦，毕竟被骂是一时的，而每天做自己不喜欢的事情是要很久很久的。叶婉一想到做衣服就觉得很快乐，她觉得像老裁缝一样，每天迎来不同的客人，给客人量了尺寸，再看看客人心目中想要做成的衣服的图片，经过自己的双手，就能把一块布料变成一件好看的衣服，这是一件既能让自己快乐，又能让对方快乐的事情。

叶婉成了裁缝班里第一名的学生，这个班里总共只有三名学生。

裁缝从做裤子开始，一点一点地教她们裁各种各样的包边、里衬……这可以说是叶婉最用功、最勤奋的一段时间了。每天下了课之后，叶婉没别的地方可去，就待在店里帮老裁缝的忙，老裁缝也愿意多教她一点。

就这样，两个月过去了。

有一次叶婉发烧，连续两天待在家没去上课，老裁缝挺关心这个上课认真的学生，所以特意去了两条街远的地方买菜，经过叶婉家，想要问问怎么回事。

所以事情还是败露了。

一巴掌狠狠地甩到了叶婉的脸上。“我们家最不缺的就是文盲！”叶父的怒吼吓到了所有人，叶婉流着泪，但没敢大哭，她说：“我就是想要做衣服，再怎么打也变不了。”

她没有意识到，自己做到了就连现在这个时代，也有很多人都做不到的事情——坚持自己的梦想。

第二天，叶妈妈偷偷把叶婉叫到房间里，她说想学做衣服可以，但是一定要去正规的学校里面学。叶妈妈拿了一笔自己的私房钱出来，让叶婉去市里比较好的学校上服装课，她说她会想办法瞒过去，不用担心。但其实叶婉知道，她爸一直都知道，只是不说破罢了。

一年后的叶婉带着大姐叶晨和三妹叶妍，从一个南方的小城市来到天寒地冻的哈尔滨创业。

她们虽然不是来自上海，但当时上海的服装颇具名气，于是，这家“上海三姐妹服装店”诞生了。

这个时候的叶婉不仅仅是为了梦想而来，身上更担负着下面四五个妹妹和弟弟的学费，还有全家人生计的重任。

刚在哈尔滨落脚开店的时候，因为叶晨和叶妍都没有做衣服的经验，所以叶婉就把流程给细分开来，叶晨负责做比较简单的裤子，而叶妍负责接待、做尺寸记录、记账，还有做饭。

一开始客人真的不多，所以叶婉就先给邻里几个年轻的女孩子免费做了几件衣服，然后让她们去叫自己的朋友过来，只要是她们带来的客人，事成之后就可以拿到成交价十分之一的好处费。

服装店的生意渐渐好了起来，全靠叶婉的好手艺，第一次上门的客人几乎都成了回头客，后来渐渐地不给回扣了，每天还是有很多人上门预约做衣服。

叶婉特别厉害的一点，就是无论有多少客人过来，只要她量过客人的尺寸，跟客人聊过几句，两个星期后客人再来取衣服的时候，她就能直接从几百件衣服里一眼挑出来。

这一年的服装课也真不是白上的，有些客人比较胖，但带来的杂志图样都是比较细挑的，叶婉也能根据客人的尺寸，尽量用剪裁去掩盖他们的缺点。

再后来，想要在上海三姐妹服装店做一件衣服，要足足等上一个月的时间。

生意好了，麻烦也来了。

当时东北的治安并不是很好，经常有混混到各个店铺收保护费。

不巧的是，有帮混混盯上了三姐妹服装店。

这天原先定做了衣服的三个男客人一起过来取西装，拿了衣服之后套在身上，三个人都一副很满意的表情，然后把手一背，转身就想走。

叶婉急忙拦在他们前面："三位老板，你们的钱还没有结呢。"

三个人都没说话，其中一个人跟另外一个人使了个眼色，后者直接从包里掏了一把西瓜刀出来，啪的一声用力拍在门边的桌子上。

叶晨和叶妍看到这架势，吓得赶紧拉住叶婉，连声说"算了，算了"。

叶婉不同意，直接问："不知道各位大哥为什么要跟我们几个女的过不去？"

其中一个混混说："我听我女朋友说，在你们这里做衣服要等一个多月，每次都要排队，我还以为怎么着呢，也来做套衣服看看，结果你他妈给我做了两个月，你知道我是谁吗？是你能怠慢的吗？你要我在我女朋友面前怎么说得过去？"

叶婉大概明白了什么意思，直接冲带头的那个人说："我们是生意人，不给钱你要我们怎么活？这个地方的兄弟不止你们几个，要是你们来做衣服可以不给钱，那是不是其他人也都可以不给钱？今天我诚心诚意想和你交个朋友，既然是朋友，以后无论是你来，还是你女朋友来，或者是其他你介绍的人来，一个星期就能取衣服。你可以四处打听看看，这在三姐妹服装店是从来都没人能有的待遇。你女朋友也应该知道，不是什么人都能有这面子。"

三个混混听了，没有说话。

叶婉接着说："如果你们这次不给钱，可以，但你们以后永远都别想在三姐妹服装店做衣服！"

"这里有人在吗？"这时候进来了一个穿制服的人。

"我来做衣服。"进来的男人大概有一米八，皮肤白皙，身形是北方人特有的魁梧的感觉，脸形却有南方人的精致。

店里的几个人都同时看到了他衣服上的工商局标志。

这是叶婉第一次见到黄培立。

见有人来了，几个混混没敢再闹事，悻悻地给完钱走了。

黄培立在店里转了几圈，然后对叶婉眨眨眼睛："想不到小小的裁缝店还出了个女中豪杰啊。"

叶婉没有接茬儿，只是问了一句："想做什么款式的衣服？"

黄培立其实留意叶婉很久了。自从他到工商局上班之后，每天都会经过三姐妹服装店，他渐渐留意起这个每天在店里张罗来张罗去的小女生。她虽然个子不高，店里的客人也真的特别多，但培立还是可以一眼就看见她。可能是因为她的眼睛吧，一闪一闪的，看着特别特别明亮，也有可能是因为她的打扮？她穿的衣服从来没有很多颜色，但总是感觉和别人不一样，但具体哪里不一样又说不上来……有时候下班经过服装店，店里客人没那么多了，他看着叶婉对着立体模特搭配布料的认真模样，不知不觉地对她有了那个时代所谓的"非分之想"。

而小混混来的那天，黄培立刚好从三姐妹服装店经过，看到来者不善的客人，本来已经下班的培立连忙把包里的工作服拿出来套上，打算唬一唬那帮混混。

这就是他们两个的初识。

那天叶婉帮黄培立量了尺寸，告诉他一个月之后再来取衣服。

但谁知黄培立像是故意似的，从那天开始，每天都要往三姐妹服装店跑一趟。一开始借口说自己来看看衣服做得怎么样了，后来开始给她们带点小礼物，什么进口的巧克力、饼干，还有书，后来干脆把单位发的大米一袋一袋往服装店里扛。知道大姐叶晨喜欢看电影，有什么新电影上映了，培立就买好四张电影票拉上三姐妹一起去看。

虽然大家变得熟络了起来，叶晨和叶妍也老是拿叶婉开玩笑，但叶婉从来没有表过态，听到她们调侃也是一笑而过。她只是一直催促姐妹要加班加点，因为年底快要到了，要赶紧把年前客人定做的衣服全部做完，她们也要开始准备置办年货回家过年了。虽然这一年来出门在外很辛苦，但在叶婉心里，最重要的是终于把这么多妹妹和弟弟的学费和生活费挣到了。她希望家里的经济状况好起来之后，妹妹在自己将来的生活里可以有更多的选择，不至于因为钱而委屈自己，她也报答了当初爸妈对她的服装梦想的支持。

三姐妹回家的车票是培立妈妈帮忙订的，本来要订在腊月二十五，但时间太晚，票都被订完了，所以就提前了一天，改成了腊月二十四的票，从哈尔滨回温州。

培立妈妈托人把车票送到了服装店，三姐妹知道改期之后赶紧开始收拾东西，腊月二十四一大早就离开了。

谁也没有想到，培立不知道这件事。

腊月二十五，黄培立早早起了床，那天哈尔滨下了很大很大的雪，是真正的鹅毛般厚重的大雪，是生活在南方城市的我们根本想象不到的漫天雪花。

他站在三姐妹服装店门口，想给她们一个惊喜，因为他叫好了车准备送她们去车站。

那一天在雪里，他足足站了两个小时。

以至于隔壁的郑阿姨出门的时候，看到一个雪人站在那里，一米八的个子，帽子上、肩膀上，都是雪。

“培立！你一个人傻站在这里干吗？”

“郑阿姨，小叶她们呢？”

“昨天一早就走啦！你不知道吗？”

那一瞬间，培立站在雪里，有点不知所措，那种心情，十几年后，他是这样跟叶婉说的：“我觉得那天幸好你们早走了，如果不是我等不到你，如果不是我心里那种慌张、那种害怕见不到你的感觉，我都不知道原来自己这么喜欢你。那天之后我脑子里面就没有别的了，想的全部都是你到底会不会回来，如果你不回来，我该怎么办。”

叶婉笑着回了一句：“多大个人了，还是这么矫情。”

没过几天，回到温州的叶婉收到一封信。

那是一封足足有三千字的情书。

培立在信里把所有想说的话都说了出来，对叶婉的想念，没有送她去车站的失落，看到她们服装店因为租金到期，招牌被拆掉，心里说不出的担心，担心她不回来，担心以后都见不到她。没有遮掩的“我爱你”三个字，让叶婉重新有了那种已经好久没有的心扑通扑通的感觉。在信的最后，他说：“只要你也有一点点动心，告诉我，我马上去温州找你。”

叶婉把信胡乱塞在枕头底下，除了开心，更多的是害怕。

在她17岁去东北前的那一年，其实父母就已经安排好了她的婚事，前三个女儿的婚姻全都是父母做主。在温州，订婚是很严肃的仪式，就等同于结婚，双方在订婚后、结婚前还是不能有任何来往，但假如订婚被取消，就会像离婚一样，是甩也甩不掉的耻辱。

叶婉不敢让家里蒙受这样的耻辱，尤其是在家里的每个人都把她当作榜样的这个时刻。

她选择不回这封信。

那年回家后，不仅家里的生活费解决了，叶婉还买下一块地，要盖一栋新房子。一直以来都很低调，甚至因为女多男少有些受欺负的叶家，这才真正扬眉吐气。全家人都沉浸在喜悦之中，与叶婉订婚的男方也在年三十晚来跟他们一起吃饭，叶婉不动声色，但也是在这个时候，她发现自己一直想着那封信，不对，是那个写信的人。

不知道那个时候有没有这么一句话：该遇见的人，始终是会遇见的。

在短暂的春节假期后，三姐妹又回到了东北。

叶婉一出车站就看见了不远处站得笔直的黄培立。

还是下着大雪的场景，黄培立强忍着想要一把抱住叶婉的心情，接过了叶婉手中的行李。

因为之前的店铺过期，三姐妹服装店在培立的帮助下换了一间两倍大的店面，装修了一番。上海三姐妹服装店的招牌还装上了霓虹灯重新挂起，到了晚上，霓虹灯一亮，就是这条街上最显眼的招牌。叶婉每天还是忙着帮客人设计款式、裁剪衣服，今年的订单比去年多，她们三姐妹甚至雇了工人帮忙，还在一个记者客人的帮助下上了当地的日报，上海三姐妹服装店的势头一时无两。

叶婉不敢有丝毫怠慢，每件衣服还是坚持自己量尺寸、自己设计，保证让每个客人都满意而归。

回来没多久，有一次叶婉因为要办手续，跟培立一起去了一趟工商局。她感觉自己是托人办事，还是低调一点好，所以跟在培立后面，低着头，也不好意思四处张望。但谁知道他们穿过大厅，走上楼梯，每遇到一个培立的同事，他们都大声喊："培立早！大嫂早！"吓得叶婉把头埋得更低了。培立听了一直偷笑，也不反驳，直到叶婉进了培立的办公室，一眼就看到了办公桌上用玻璃压着的，满满的，自己的照片。

“哈哈，你别怪我同事，他们看你的照片看得多了，今天第一次见到真人。”

说着，培立拉开办公桌的其中一个抽屉，把一个铁盒放在叶婉手上：“我先帮你去办手续，你就在这里读读这些，都是你不在的时候我写的。”他边说边走出了办公室。

叶婉坐在沙发上，打开了铁盒。

里面全部是叶婉的照片，有些是重复的，有些应该是叶晨和叶妍偷偷拿给培立的，还有些是去年他们一起出去玩，看电影或者听音乐会的时候拍的。

每一张照片的背后，都有一段话。

“叶婉，今天有好多亲戚来家里做客，他们都问我怎么还不结婚，我说明年就结，人我都挑好了。他们问我是哪家的姑娘，人家对我有没有意思，我说绝对有，我非她不娶，她非我不嫁！你说我是不是够不要脸的？”

“小叶，我今天又跑到你服装店门口了，郑阿姨都快觉得我是不是犯什么病了，可我就是想站那门口看着，说不定你提早回来，我就能第一个知道了，对不对？”

“今天三姐妹服装店的招牌被拆了，我一问才知道你们是一年一租的，等明年你们回来，我给你们找地方住，一租就租个十年，租金我付，这样你就怎么也走不了了！”

“叶婉，我真的很想你，我睡不着。”

“叶婉，我写给你的信已经寄出去三天了，你没回，我突然在想自己会不会一直是单相思，但我又不想承认。就算我是单相思，你也要给我一个机会认真追求你，对吧？”

“叶婉，你为什么不回信？我真的想买明天的火车票到温州去，可是我怕这样会把你吓跑。”

“想你。”

“今天听郑阿姨说你们过两天要回来，你看见面后我怎么收拾你，居然不回我的信。”

“昨天做梦了，我在梦里一直追着你跑，追到累了我就醒了，醒来发现自己在流眼泪，然后就怎么也睡不着了。”

“只要你马上回来，只要见到你就好，就算我们不能在一起也没关系。”

“我在想象我们的明天、我们的未来，以后要一起走的路，其实我不怕别的，生活压力什么的我都不怕，我就怕你不愿意和我一起。”

叶婉还是被感动了。好像一下子回忆起了有生以来的所有委屈，小时候看着妈妈被邻里嘲笑连份子钱都拿不出的羞辱，偷偷拿着爸妈给的学费去上裁缝课怕被发现的提心吊胆，刚到东北人生地不熟却要在姐妹面前装作很有信心晚上却担心得睡不着的难过……

还有最重要的一点是，原来自己也会有人喜欢。

明明就没有大姐叶晨读的书多有学识，也没有叶妍的长发飘飘大眼瓜子脸。

原来这么平凡的自己也会有人喜欢啊。

这是她哭得最厉害的一次，其实也不是难过，而是经过了这些，她好像终于找到可以松一口气的一小段时间、一个出口，她只想好好地，把这一切哭出来。

叶婉答应和培立在一起，但她有个条件：不能告诉叶晨和叶妍。

每次叶婉都是等到半夜叶晨和叶妍都睡着了，才偷偷地跑出来，和培立一起在雪里手牵手散散步、聊会儿天。她怕姐妹们知道自己谈恋爱之后也会分心，因为叶晨和叶妍也有人追求，还不止一个，她担心她们在工作上有所懈怠，那前一年辛辛苦苦积累下来的一切可能就会化为乌有了。

对培立来说，只要叶婉愿意和他在一起，他就心满意足了。

他们交往后，叶婉印象最深的一次，是哈尔滨在办冰雕节，她一直很想去看看，叶晨和叶妍也一直嚷嚷着要去，但店里的事情实在太多，一直抽不出时间，每天工作结束的时候冰雕也都闭灯了。

又是一个工作之后的晚上，叶婉等叶晨她们睡着了，蹑手蹑脚地偷偷出门找培立，结果发现培立没有像平时一样站在后门外等她，而是坐在一辆车的驾驶位上，看见她之后下车帮她打开车门。叶婉上了车之后刚想发问，结果后座上叶晨和叶妍突然跳了出来，大喊："被我抓住了！"

叶婉被吓了一跳："你们怎么会在这里？"

等不及她们说话，培立抢在前面说："今天你们都要听姐夫的！现在姐夫带你们去看冰雕！"说完就握紧了叶婉的手，可能是怕她生气，但叶婉只是用另一只手拍拍他的手，没说话。结果大姐叶晨在后面喊："你别弄错了，你是我妹夫！"

四个人在车里笑成一团。

车开到举办冰雕节的公园的时候，四周黑漆漆的，一个人都没有。

"姐夫你唬我呢又，没灯怎么看冰雕啊？"叶妍透过车窗四处看。

培立把车门打开，一个个地邀请她们下车："都说了，今天听我指挥就好！"

售票处居然还有人，老大爷给他们开了门，培立打开手电筒，一路带着她们三个走到最大的冰雕的中央位置。

"你们等我一下。"培立话都没说完，人就不见了。

她们三个站在原地，冷得直打哆嗦，相互拉起了手。“姐，你赶紧跟我们说说，你这是第几回偷偷跑出来了？”

“你不是每次都假装睡着然后在阳台上看我们吗，还问我！”

“哈哈，那是大姐，不是我！”

不知道哪里一个火苗突然蹿起，然后升到半空，砰的一声亮起来，变成无数小火苗散开……

冰雕群的中心，一束一束地，升起了烟花。

她们终于看清了身边的冰雕，有企鹅，有北极熊，还有熊猫。

不断升空散开的烟火照亮了整片冰雕，各种各样透明的雕塑，一下子变成红色，一下子变成蓝色。

那是1988年3月18日。

这是叶婉在她以后的漫长岁月里都没有办法忘却的一个夜晚。

她说以前总觉得定格这种事情只会出现在电影画面里。

而她这一辈子，也出现过一次定格，就是那个时候，培立抱着她，两个人一起抬头看着烟火的这个画面，每一分、每一秒，都好像被放慢了。

听叶婉说这段故事的时候，我一直压抑着内心的好奇和问题，说到这里的时候我终于忍不住了：“你最后为什么没有嫁给他呢？”

“哈哈。”叶婉乐了，“你就那么想我嫁给别的男人啊？”

“我不是这个意思！”

“如果我们在一起了，那就没你啦！”

不是说每个故事都一定要以遗憾收尾才显得悲壮，而是这个世界上始终有束缚、有坎坷；不是每个人都能飞蛾扑火，也不是每个人都能追逐不放手。

培立妈妈走进三姐妹服装店的时候，已经差不多是打烊的时间了。

三姐妹和培立妈妈已经很熟了，她平时总是给她们送吃的，隔三岔五带自己的朋友来做衣服的时候，还说笑着跟朋友炫耀说这三姐妹都是她的女儿。

叶妍忙着从厨房端茶取点心出来，培立妈妈摆摆手说：“没事，没事，别折腾，我来做件外套和裤子，下个星期要和你黄叔叔去北京一趟。”

叶婉拿过皮尺准备给她量尺寸的时候，她突然说：“我和小叶单独聊两句吧。”

等叶晨和叶妍上了二楼，培立妈妈才转身看着叶婉：“小叶，平时你曾阿姨对你们很照顾吧？”

叶婉知道这样的开头往往不是好事情，所以只是点点头，没说话。

“能遇到你是我们家培立的福气，我和他爸都很喜欢你。”

叶婉低着头，缓缓地说：“曾阿姨，我们从来到东北到现在，您和培立是帮了最大的忙的，您要是有什么话您就直说，不用担心我受不了。”

其实培立妈妈没有任何恶意，她的顾虑也很简单。

培立他们都是哈尔滨的城市户口，当时并没有户口合并的说法，如果娶了叶婉，以后要是生了孩子，就会直接落到女方的农村户口上。

“你也不想孩子一出生就和别人差一大截吧？以后你也会当妈，生了孩子之后，你就会知道以后这半辈子就好像分了一大半给这个孩子一样，根本就没法不为他着想。叶婉，你比同龄人更成熟，应该懂我的意思。”

叶晨和叶妍一直在楼梯口偷听，可是只能隐隐约约听到几个字。

过了好一会儿，两姐妹重新下楼的时候，培立妈妈已经走了。

她们看见叶婉坐着不说话的样子，也不敢问到底发生了什么事。

她们知道的是，接下来的三个月里，再也没有见培立出现过，而叶婉则一直闷头画图纸，还因此耽误了不少其他客人的订单。

直到衣服差不多做出来的时候，三姐妹服装店收到一张喜帖，上面写着黄贺联婚。

叶婉花了那么长时间设计的，是黄培立夫妇的结婚礼服。她没有用当时流行的西式婚纱，而是设计了一套学生装款式的结婚礼服。

姓贺的新娘来店里试婚服的时候，耐着性子压着怒气没发火，一直在问培立回她娘家办酒席的时候能不能穿一回婚纱，自己那么多姐妹都是穿婚纱结婚的，只有她穿的是学生装，面子上过不去。

黄培立一直没说话，而是死死盯着帮他量袖口尺寸的叶婉。

叶婉量好之后，往后退了一步，认真地看着培立，高高的个子，没有刘海，帅得很干净的样子。嗯，再多看一眼就好，叶婉在心里跟自己说。

后面的故事叶婉怎么也不肯说了，我也是有一次亲戚们一起吃饭的时候偷偷问三姨叶妍才知道的。

她们姐妹最终一起参加了黄培立的婚宴，一切都风平浪静，甚至连叶妍都在背地里出谋划策怎么捣乱，但最后也被叶婉扼杀在摇篮里。

大家平静地吃了饭，平静地敬酒，平静地看着新郎喝得醉倒在地上。

两姐妹都准备好了回家和叶婉好好地哭一场，但依旧什么都没有发生。

三姐妹服装店仍然非常红火，每天的客人络绎不绝，以至于后来她们离开东北之后，还有很多人假借上海三姐妹服装店的名声开店，但都被以各种名义取缔了。

这一年三姐妹回温州之后，就再也没有回东北了。叶婉因为长期在外被男方退了婚，22岁那年干脆独自去广州创业，遇到了现在的丈夫；大姐叶晨嫁进了一个经商世家，后来在上海定居；三妹叶妍和一个律师结了婚，婚后两人合开的律师事务所现在是全温州最有名的律师事务所。

现在站在我身边认真摆弄着微单相机，想要找个好的角度把巴黎埃菲尔铁塔整个拍下来的叶婉，笨拙，但是仍然很可爱。

她是我最亲最爱的妈妈。

我没有再问她是否后悔，是否感到遗憾，因为我知道她的答案一定是“不”。

我们以为失去的才是最好的，但你怎么知道，现在拥有的就不是最好的呢?

我们来做个约定吧，看完这本书的你，写下你目前觉得最最难以承受的事情，然后过五年，不，过一年就好，如果你还保留着这本书的话，你重新打开看看，我相信你会会心一笑的。

计较遗憾，只会更遗憾；记住幸福，才会更幸福。

“我说一件事你别告诉你爸啊，我现在有的时候还会在QQ上和你黄叔叔聊天，偷他的菜，哈哈。”

嘘，你们也都不准说啊。

扫扫二维码，即可领取吴大给独一无二的你精心准备的礼物。:)

会 更 幸 福

AMORA
Ketchup

TALKS

那些老叶教我的事

老叶是个非常自信的女人，她觉得世界上没有那么多所谓的规则和条条框框，这个世界上就只有一种规则，那就是你自己到底想要什么。坚定了之后，就不要因为周遭的人的说法而质疑自己。

印象中我高中第一次失恋，暴躁得饭也吃不下，书也一个字都读不进去，和老叶在客厅里一起看电视的时候看到某个失恋情节，和她说了句："我失恋了，现在满脑子都是她，根本什么都做不了。"

然后她说："喜欢人家什么啊？"

"长得漂亮，然后特别细心，大家都很喜欢她。"

“那现在难过什么？”

“回到学校后，很多场景都能让我想起跟她一起度过的时光，太多画面了，太折磨了。”

然后老叶把电视换到了点播模式，随便选了个《指环王》，按了播放键。

“我就说爱情剧教坏人，人生大部分都是在打打杀杀攻城，哪有工夫在脑子里回放画面，是你自己想多了。”

然后那天晚上我迷上了《指环王》系列，把失恋给抛到了一边。回想起来我才知道，我那叫模仿失恋，为了失恋而失恋，觉得自己应该因为失恋而伤心，而不是内心真的难过。

嗯，可爱的青春期。

老叶是不允许别人批评我的。初中的时候，我又胖，成绩又差，她威风凛凛地到学校去开家长会，老师当着全班同学家长的面批评了几个学习成绩特别差的同学，说得特别难听，还说要和家长一对一面谈，被批评的同学里面就有我。

我不知道其他家长面对老师的时候是怎么样的，但她就很直白地跟老师说："我不允许你以后再这样当众批评我儿子，这不是面子的问题，他是好是坏我不清楚？既然送到了学校，作为老师，就应该引导教育，有意无意地贬低自己的学生可不是什么优秀人民教师的做法。"说完就拎着包包牵着我的手走出校门。

在车上老叶只跟我说了一句话："我没要求你要学得多好，但总要有个最基本的成绩吧，别让老师和同学把你看扁了，知道吗？"

自那之后，我就好像开窍了。

老叶在工作的时候是绝对的硬手腕。我当初刚刚开网店的时候，她自己的生意做得风生水起，但是也没有因为我在做这种小打小闹的事情就不屑，而是认真地看我们的工作流程，然后给我们指出哪些环节可以舍弃，哪个地方的速度应该更快。本来我也是抱着玩玩的心态，但老叶很坚持一点，你要么就不做，撒开了手到处去玩，怎么玩都行，但如果你今天要做这件事情，你就得闷头把它给做好，不做好就不准玩。

每次我有了一点成绩，我总是扬扬得意地跟她炫耀，说最近自己的状态很不错，品牌的数据很棒什么的，她就会斜眼瞅我："我让你从小就住别墅我还没跟你炫耀呢，小子你还嫩哪。”

这就是她。在你失意的时候鼓励你，在你尾巴要翘起来的时候给你泼点冷水让你冷静冷静。

你应该看出来了，老叶是个很理性的人。小时候觉得她很淡漠，甚至不近人情，和亲戚关系也都不好，家里总是很冷清。但长大后慢慢发现，她虽然平时不爱寒暄，可别人家里出了什么问题，她总是第一时间站出来解决，该出钱出钱，该出力出力。她跟我说：“太热情的话会把好事都烧坏，别把事情想得太美好或太坏，心态才会更平和。人本身就是孤独的，凑一场热闹后大家都要回家，面对自己的生活。”

我也是直到如今才慢慢理解了这些话的含义。现在有的时候我也会被看成“不会做人的人”，但我不会去解释什么。

对于朋友，我想说的是，也许我不能常常伴你左右，假日也疏于问候，但如果彼此都认可这份友情，那么无论时间空间怎么转换，只要你一句话，我都会为你挺身而出。

这是老叶教给我的智慧。

老叶最最珍惜的，是亲情。

我和沛沛就不用说了。她的兄弟姐妹很多，有八个，有的时候真的很难照顾到每个人的心情，但她总是会为了他们无条件地付出，有的时候连我都觉得过分的要求，她也会答应下来。

老叶说亲情是替换不来的，如果这个世界上真的有什么是天注定的，那就是你的家人。

所以，家人永永远远是最重要的。

我打这些字的时候，老叶敷着面膜从房间里走出来，问我明天要不要和她一起去健身，她最近的目标是瘦十斤。

嗯，写到这里你们应该都猜出来了吧，老叶是我亲爱的老妈。

最初，是她给了我生命；在成长的每一个关键点，她给我力量。从未如此强烈地感觉到，我们的生命紧密相连，我们是彼此不可或缺的家人。

老叶，哦不，老妈，谢谢那些你教过我的事。

STORY

这世界，缺你不可

莫奈兔

“这不是一只兔子，这是熊。”我低头跟她说。

“不对，这只是一只耳朵比较短的兔子。”

没有办法，她喜欢兔子，那就是兔子吧。

我们遇到莫奈兔是在莫奈花园。

“莫奈花园位于法国巴黎以西70公里的吉维尼小镇，是法国著名画家莫奈的故居，分为水园和花园两部分。1883年4月底，画家莫奈乘火车经过小镇的时候，被那里的宁静氛围所深深吸引，于是决定在此定居，直至1926年逝世。”

我很认真地念完这段莫奈花园的中文介绍，抬头发现沛沛根本没有在听，而是蹲在不远处的地上，垂着小脑袋看着一张长凳底下。

“怎么了，掉东西进去了吗？”我摘了墨镜，也走过去蹲了下来。

“哥哥，你看里面有只兔子。”

那是一张木质的供人休息的长椅，下面就是草皮，我真的没看见沛沛说的兔子。

“哥哥你快帮我拿出来，我的手不够长。”她又往凳子底下靠近一点。

我终于看到了，那应该是一只玩偶，在凳脚后面，露出了一点点耳朵。

我几乎整个人都趴在了地上，伸长了手，才狼狈地把她说的兔子拿了出来。

“这也能发现，真是服了你这个家伙。”我自言自语地说。

沛沛接过兔子，笑得眼睛眯了起来。

这是一个很奇怪的玩偶，身子是用一张画布缝制的，而且，准确地说，这是一只熊，不是兔子。

“这不是一只兔子，这是熊。”我低头跟她说。

“不对，这只是一只耳朵比较短的兔子。”

没有办法，她喜欢兔子，那就是兔子吧。

玩偶有些脏，看起来被丢弃有一些日子了，我找到水龙头，给它洗了个澡。

然后我们就坐在长椅上，把兔子放在太阳晒得到的地方。

我看着经过的行人，每个人看上去心情都很好，说话的声音很小，笑声却很大，但一点也不刺耳。

我刚刚不应该戴墨镜的，我现在才真正看清楚这一片花园。

花园里花的种植几乎没有什么规律，各种颜色的花都穿插着种在了一起，看起来并没有刻意培植的感觉，但又有说不出的精致，很像调色盘，颜色很多，但出奇地和谐。

还没等兔子熊干透，沛沛就把它放在了自己的腿上。

“我们应该给它取个名字。”她抬头跟我说。

“叫大笨兔好了，哈哈。”

“不行！”她用兔子打我，打完之后又觉得自己太用力弄疼兔子了，又赶紧安慰它。

我想到一个名字：“叫莫奈兔好了，因为这里是莫奈花园，在莫奈花园里发现的兔子，就叫莫奈兔。”

“不行，不行！”小家伙又抗议。

但她想了一会儿，似乎没有更好的了，就接受了“莫奈兔”这个名字。

洗干净的莫奈兔看起来很可爱，身上画满了紫色的花，眼睛是两颗不一样的纽扣，看起来有点呆。

回到酒店的时候，沛沛因为时差的原因已经睡着了。我抱着她回了房间，把莫奈兔放在床头的台灯下面，这样她一起床就可以看到它了。然后我简单洗漱了一下，一倒到床上就睡着了。

半夜我被沛沛吵醒了，她一开始一直小声地叫我哥哥，我含含糊糊地回应了一下就转身继续睡，后来她就开始用手戳我，我睁眼的时候刚想发脾气来着。

结果我一睁开眼睛，就看到玩偶莫奈兔趴在我的身上乱动，那动作似乎是在嗅我。

我吓了一大跳，转头看沛沛，她笑嘻嘻地看着莫奈兔："哥哥，是它弄的你，不是我哦！"

好久没有做过这么清晰的梦了，真有意思。

"Hello！"我跟它打了个招呼。

"咔扣咔控咯咕噜咕噜咕噜。"它居然还说话了。

"哥哥，它说你睡觉的时候会打呼噜。"沛沛看起来能听懂它说什么，说完她们两个咯咯笑了。

我有点哭笑不得。"咔咔咔控费粒费粒。"莫奈兔又说话了。然后沛沛跟我说："哥哥，它问我们想不想出去玩。"

"好啊。"我点点头，反正这是梦，丰富点没什么不好。

沛沛把莫奈兔放在我们两个中间，然后用她的小手牵住莫奈兔的一只手。"哥哥你快牵它的手呀。"沛沛看我还愣着就催促我，我也用手牵住它，然后奇妙的事情发生了。

我们两个以莫奈兔为中心腾空旋转了起来，有一股吸力从这个小玩偶的身体里发出，紧紧地拉扯着我们的身体，周围的一切都变得模糊不清，只有沛沛和莫奈兔是清晰的。

然后我们坐着的床不见了，我们掉在了一片草坪上。

强光很刺眼，我慢慢适应过来的时候，才看清这里就是白天来过的莫奈花园。但奇怪的是，放眼望去，现在的莫奈花园居然都是黑白的，所有的颜色都消失了。我们仍然坐在草坪上，但草坪变成了老电影一般的黑白色。所有的花和植物，甚至是莫奈的故居，都变成了黑白电影一样的场景。更神奇的是，白天都是游人的草坪上此刻出现了一只长颈鹿、一只猴子，还有一只河马。

准确地说，它们都不能算是动物，因为它们和莫奈兔一样，是用画布缝制出来的玩偶。

整个莫奈花园只有它们身上是有颜色的，我低头看了看自己，还好衣服的颜色还在。太奇怪了，我开始轻轻触摸两旁的花，不知道该怎么形容这种感觉，就是明明知道是花，却因为没有颜色而感觉适应不了。我紧紧地抓住沛沛的手，而莫奈兔跳着向那群画布动物跑去。

我听到它们发出了“咔咔咔控费粒费粒”的声音，沛沛也着急地拉着我的手朝着它们的方向跑，虽然我想阻止她，但我没有，即使知道这一切都很陌生，却有一种莫名的信任感，真奇怪。

莫奈兔爬到了河马背上，然后朝沛沛挥手，我就把她也抱了上去，莫奈兔和沛沛都兴奋得不得了。而河马和长颈鹿等几只动物好像商量好了似的，驮着沛沛就往莫奈故居的方向走，我看它们没有伤害沛沛的意思，就紧紧跟在后面。

它们从莫奈故居旁边绕了过去，那里终于出现了有颜色的东西，一片色彩缤纷的池塘，里面的水看起来像颜料一般。池塘里面种着莲花，我突然想到了白天看到的莫奈的名作——《睡莲》，似乎就是这个画面。

沛沛转头跟我说：“哥哥，它们想要我们帮忙。”

“什么？”我问。

“它们想让我们给草和花涂颜色。”

这个时候，长颈鹿、河马和莫奈兔都转头看着我，似乎不答应不行。

我点点头，问：“要怎么做？”

这个时候，猴子从莫奈的老房子里跑了出来，拿着画笔和调色板。

沛沛拿到调色板就兴奋地从河马身上下来，跑到池塘边蹲下，用画笔蘸了蘸池水，然后跑去花丛前面，轻轻用画笔一点，本来黑白色的花就突然整片有了颜色。只是她涂颜色没什么逻辑，每朵花都涂上不同的颜色……就跟我白天看到的时候一样，各种颜色的花都种在一起，莫奈兔在沛沛的旁边一边跳一边咔咔咔地说话，然后沛沛站了起来，用力一挥画笔，她面前的黑白色花丛沾到颜料之后，一大片同时盛开一般地变得五颜六色。

我正看呆了的时候，河马晃晃悠悠地下了水，接着朝池塘两边喷水，弄得我们身上都是，周围的一切都开始一点点地填上了颜色。

我们回到草坪上的时候，到处都是五颜六色的。

莫奈兔坐在我们旁边，它又开始咔咔咔地说话了，沛沛听一句就跟我说一句。她告诉我，莫奈兔也好，长颈鹿、河马、猴子也好，它们都是用莫奈先生的画作草稿做成的。莫奈先生的一生有很多很多作品，但同时他也很挑剔，但凡画作里面有一点点瑕疵，他就会直接丢弃。但和他一起住在这里的妻子卡缪觉得这些有瑕疵的画也同样是佳作，所以就保留了下来，再加上一些填充物，把它们缝制成了一只只动物。而卡缪因病离开的时候，莫奈先生看到这些用他曾经遗弃的作品做成的动物，伤心不已，它们就一直默默地陪伴在莫奈先生的身边。又过了几年，莫奈先生慢慢地分辨不出颜色了，这个世界对于他来说跟黑白没什么两样，而它们希望能让莫奈先生康复。

我听着听着就在草坪上睡着了。

醒来的时候，我躺在酒店的床上，沛沛在旁边还没醒。

真是一场有意思的梦，我心想，然后又看了一眼台灯下的莫奈兔，它坐在那里一动也不动。这个时候沛沛也迷迷糊糊地睁开了眼睛，我把脸凑过去叫她起床，她转身抓住了莫奈兔，然后把它抱在怀里，我听到她模模糊糊地说："哥哥，我的画笔呢？"

后来我看莫奈的传记才知道，他在老年的时候患了眼疾，看东西逐渐模糊直至黑白一片，后来经过很长一段时间的医治，他的视力才逐渐恢复。他在巴黎的吉维尼生活了43年之久。

FONDATION CLAUDE MONET
Les Nymphéas
RESTAURANT . SALON de
ENTE A EMPOR
TAKE AWAY

TALKS

多留一些时间给
那些让我们幸福的人

结束了一天的工作，瞧一眼电脑上的时间，是凌晨五点多。我站起来伸了伸懒腰，看着窗外渐渐亮起的天空，突然在想，虽然一直尽可能多地陪伴在沛沛身边，但忙于事业的我，留给她的时间真的足够多吗？

在你的生命里，是否有那么一个不可或缺的人？我听说过很多故事，来自我的朋友，来自我的同事，也来自萍水相逢的陌生人……这些故事让我明白，在我们身边，有着值得我们珍惜的人，不要因为年少就任意错过，无意惋惜。

说说最让我触动的两个朋友的故事。

一个是钱澄，我在高中的时候就认识她了，当时她正和男友热恋。他们曾经是校园里最受瞩目的一对，两个人只要站在一起就是一道风景。不仅仅因为样貌，更因为两个人之间的默契，不抬头也知道你在看我的心领神会。

遇上一个喜欢的人也许还算简单，但让你喜欢又真正懂你的人，太少。

我没羡慕过什么人，但真的羡慕过他们的爱情。在他们争吵的时候，并不多事的我总会从旁劝说。只是因为不想看到这样一对恋人的爱情像狗血电影和电视剧里演的那样被时光消磨，被世俗冲散。

后来钱澄出国了。他们甜蜜如初，这一段坚贞不渝的跨国恋情也让我们羡慕得死去活来。

那个时候很流行一句幼稚的台词：你觉得世界上最不可能发生的事情是什么？

我们几个要好的朋友异口同声：“钱澄和她男友分手。”

今年钱澄回国，她和男友本来约定在今年结婚，但到结婚的时候，新娘却不是她。

虽然说出这个故事只需寥寥数语，过程的兜兜转转也根本无法说清，但是看到她眼角的泪光的时候，我能感受到她在多少个两人纠缠不清的夜晚无法入眠，又有多少次在越洋电话里失声痛哭。

那样的青春和记忆，不是谁都能给她的。

还有一个人，是上进。

有一次聊天，我无意中问他："在你的生命里，是否有那么一个不可或缺的人？"问题一问出口我就后悔了，觉得这个问题对他来说太残忍，知道他一定会说是他妈妈。但他很坦然。

他知道很多人都会认为亲人已逝的伤痛应该绝口不提，但是他怕自己不说，就会真的忘了曾经和妈妈在一起时的点点滴滴。他想用这样的方式记住和妈妈在一起的每一点回忆，他一点也不想忘记。

他说话的样子很温柔，每一点关于妈妈的回忆，每一个意识到妈妈已经永远离开的瞬间，都让他不自觉地流下泪来。

他最后说："妈妈，我现在过得很好，不管你知不知道，我都会越来越好。"一旁的我不禁红了眼眶。

有一个同事的妈妈说了一句话，她说："年轻人哪，要多留一些时间给那些让你幸福的人。"

是啊，多留一些时间给那些让我们幸福的人。

在你的生命里，是否有那么一个不可或缺的人？我知道你有的。你可以不说出来，但你要好好珍惜他，知道吗？如果他已经离开了，也要打开心房，去等待下一个不可或缺的人。因为你值得有一个不可或缺的人陪伴。

Carrousel Montgolfière
www.pouzet-group.com

只要你能陪着我就好

我不长情我不专一我只是很自私地希望你能一直陪在我身边，
不管以什么方式。
只要你能陪着我就好。

Ets DAGIER
à la pêche aux moules ...
à la pêche aux moules.
Pêche aux Saumons..
Moules à l'ancienne 12,90€
Moules Farcies 12,90€
Moules au Curry 12,20€
Moules à la provençale 12,90€
Moules au Roquefort 12,60€
Moules "Maison" 11,90€
12,60

起床的时候天才微微亮，我转身吻了吻你，问你：“今天我们去蒙马特好吗？”

你似乎早就醒了，说：“好啊。”

我起床开始洗漱，镜子里的自己有些憔悴。我低头用水冲了冲脸，嗯，这样看起来好多了。

然后我下楼做早餐。

“你做的早餐肯定没我做的好吃。”你说。

“哈哈，我现在已经很熟练了好吗？”我将一片培根放进煎锅。

“我们去吃中国菜好吗？第八区开了一家面条店，我觉得你会喜欢。”

听着你的声音，心情会不自觉地变好。“好，我们今晚去那里吃吧。”我背对着你说。

今天天气很好，我把敞篷车车顶降了下来，戴上墨镜，吹着风，打开音响，调到喜欢的韦礼安。

我们两个人都很喜欢这首《在你身边》。你轻轻地跟着歌哼着，你的声音总是那么好听。

停着等红绿灯的时候，我居然看到理查从街边的面包店走了出来，我吓得顾不得还有几秒才转绿的红灯，急忙往前开。“吓死了。”我小声说。

“怎么啦？”你问我。

“没事，一个不太友好的老朋友。”

终于到了蒙马特高地，但没有办法直接停车，我又绕了两个街区，在一家百货店的地下停了车，巴黎停车真麻烦。

去往蒙马特高地的路上，我们经过了一个集市，我买了一盒草莓和一盒桑莓。草莓是你喜欢吃的，桑莓是我喜欢吃的。

你以前就笑过我怎么喜欢吃这么酸的水果，其实我也觉得酸，有时候吃完一整盒牙根还会有点酸。后来你就教我拌着香草雪糕吃，特别特别好吃。

“你记得买……”你刚想说话。

“我知道，饼干对吗？”我抢着说。

“嗯，嗯。”你笑了。

走上蒙马特高地要经过一个坡道，两边是各种各样的商店，商品琳琅满目。大部分商店都在兜售没有特色的纪念品，却有一家开了50多年的饼干糖果店。

我妈和沛沛都很喜欢这家店的夹心饼干，你每次都要提醒我买一些。

买完饼干出来，我抬头看到坡上的圣心教堂，蓝天下的白色教堂，有一种即使在喧嚣中也能宁静下来的美。

我们就是在那里认识的，在都是画家的小丘广场，你和你的朋友坐在那里画像，我手里拿着相机，忍不住偷偷拍了你。你不知道，那天微风，你用手把头发撩到耳后的样子有多漂亮。

后来你一直说我其实先看上的是你朋友，我真是冤。

“你在想什么呢？”你问我。

“哈哈，我想起我们刚认识的时候，画家在上面给你和莉两个人画像。”我不好意思地说。

“我知道，我们走了之后，你让人家再给你画一张一模一样的，结果人家不肯，哈哈。”

我根本不会说法语，我当时拼命连比带画，想问画家能否给我再画一张刚才那个女孩的画像，结果他没听懂。你和莉看到这一幕就回来帮忙，后来我们就认识了。

“这是我的计谋好吗？”我笑着说。

“嗯？”

“不然怎么会认识你？”

“跟谁学的，嘴那么甜。”虽然你这样说，但分明也是笑着的。

走了一段路之后，你问我累不累，我说还好，但还是坐了下来。圣心教堂下面有一百多级台阶，好多人就带着食物在这里坐上一天，晒太阳。

我打开了装桑莓和草莓的盒子，刚吃了一口，坐在左边的一个金发小女孩就眼巴巴地看着我。

“Here（给你）.”我把草莓盒子递给她。

她扭头问她妈妈：“Can I（我可以吃吗）？”

她妈妈夸张地谢了我，我笑了笑，然后带着你继续往上走。

还差一点点距离到圣心教堂的时候，有两个黑人在表演，围观的人很多，我们就站在那里看。大家都很high（兴奋）地跟着节奏摇摆，结束的时候也一起大喊精彩，这就是音乐的魅力吧。

你以前常常弹吉他给我听的，我觉得你弹什么曲子都很好听。我就坐在旁边的沙发上，抱着抱枕看书。

“你怎么不说话？”你又问我。

“没什么，你呢，在想什么？”我问。

“刚刚的曲子好棒，听得我都想转圈跳舞了。”

我又笑了。

终于走到了圣心教堂，这个时候只要在台阶上回头看，就能俯瞰巴黎的景致。今天天气很好，所有的建筑物都一览无遗。

蒙马特高地相对于巴黎其他各区而言，地势高出很多，塞纳河无法逆流而上。这里有红磨坊，有狡兔酒吧，是一个处处都有传说的地方。我没有继续往上走，而是走上了另一边下山的小道。

终于到了，那面铺满黑色砖的墙，上面用各国语言写满了“我爱你”。他们管这里叫爱墙。

我们刚谈恋爱的时候，也在这里拍过一张照片，是我们在爱墙前接吻的照片。

而现在的爱墙前面，有一对年轻的情侣在接吻，情侣的朋友在帮他们拍照。

“我们到爱墙了。”我对你说。

你没说话。

“嗯？”

你还是没有说话。

我抽出机子，发现没电了。

充电器落在了车上。

突然，巨大的悲伤冲击我的眼眶，我真的太没用了，泪一下子模糊了眼前的一切，我多希望你还在。

半年前的实验室事故让你严重烧伤，我赶到医院的时候，你已经昏迷，SLV机构问我愿不愿意接受一个实验，在你彻底死亡前，将你残留的意识导入SLV的留念机里。

我没有办法接受你的突然消失，一天也熬不过来，所以我签了同意书。

半个月后，他们把留念机送到我们家里。

我可以通过耳机和你进行简单的交流，有些事情你记得，有些事情你不记得，但我和你说话的时候，就像一切回到了从前，就像我从未失去你。

理查曾经是我最好的朋友，他知道这件事后很生气，他劝了我很多很多次，想让我放下你。但是，怎么会有这么容易？

他又不是失去至爱的那个人，他怎么会懂？

我飞奔着往下跑，一路上撞到很多人。

只要你能陪着我就好，就算你不在也好，就算只有你的声音也好。

我不长情我不专一我只是很自私地希望你能一直陪在我身边，不管以什么方式。

只要你能陪着我就好。

扫扫二维码，即可领取吴大给独一无二的你精心准备的礼物。:)

陪 在 我 身 边

TALKS

人生里第一个喜欢的女生

有时候我会想起以前上小学时住在哈尔滨的时候，我和妈妈从市场买了东西回来，一到家我就兴高采烈地跑向阳台，打开门，一阵刺骨的风吹来。我把买来的东西放在阳台上，迅速地把门关上。家里根本不用买冰箱，因为阳台就是我们的冰箱。

当时我们住的房子在一个广场中央，学校就在广场对面，跟家隔了一条马路。每天我都可以睡到很晚，然后优哉游哉地啃着馒头走到学校，气定神闲地看着旁边气喘吁吁跑来上学或者被家长骑着单车风尘仆仆送来学校的同学。

学校里女老师很多，我们班的班主任是最漂亮的一个，但也是最凶的一个。本来我成绩算是不错的，但也被她打过。

那时候我们有移课桌的规矩，每隔两个星期就要移一次课桌。有一次我们刚好移到了靠墙的位置，我的位子在里面，我的同桌是个女生，坐在外面。

因为北方天气冷，所以学校会给每个学生提供一个棉布坐垫，但学校给的坐垫都很旧很脏，有些比较讲究的同学就会从家里带自己的坐垫来学校，我当时的同桌就带来了一个有卡通图案的坐垫。那时我有点小男孩的坏心理，每次要从外面进到里面的座位的时候，我都会用双手撑住前后的桌子，然后跳到座位上，顺便踩一下同桌的坐垫。

看到挺多男同学都在笑，我就越发得意，一开始只敢在同桌不在的时候这么做，后来同桌在的时候我也照踩不误，而且还对她摆出一副“你能拿我怎么样”的表情。

她每次看我踩她的坐垫都气得直跺脚，一直喊“你干吗”，然后把坐垫拎起来，用手拍好几下才放回座位，“你下次再这样我就告诉杨老师。”

我欠揍地回应：“有本事你去告诉她啊。”

后来有一次开班会，我被叫上了讲台，杨老师啪的一声扇了我一巴掌，很响亮，而且是当着全班同学的面。杨老师这是杀鸡儆猴，因为我，全班男生掀起了踩坐垫的风潮。那一下我真的是被拍蒙了，根本说不出话来。

戏剧化的是，我感觉自己鼻子里还流了鼻涕出来。我吸了两下，想把鼻涕吸回去，这个时候绝对不能当众丢脸。但我看到了杨老师惊恐的表情，然后我发现我的鼻涕滴到了地上，是红色的。

我的同桌一下子急了，跑上来说："杨老师，我带他去医务室。"接着她用手拍了拍我的后脑勺，意思是叫我仰起头。我就一只手被她牵着，仰着头离开了课室。

在医务室里我问她："你干吗装好人？明明就是你告发我。"

她摇摇头，说："不是我。"

后来我才知道，告状的是坐在我后面的副班长。

小时候也许不懂什么是爱吧。那个时候欺负一个人，想引起她的注意，就是最最幼稚的表达爱的方式。

她就是我人生里，第一个喜欢的女生。

STORY

这世界，缺你不可

如果我们还在2015年

我突然想起22年前，我们在埃菲尔铁塔前照相。那天的阳光很温和，没有机器人，也没有方缆，没有一切复杂的科技和冷冰冰的系统。

下飞机的时候，巴黎戴高乐机场因为上个星期的暴动，连出闸处都增添了一处机器人安检，那些有着白色纤维外壳、眼睛里透着蓝光的执勤机器人，虽然脸上有系统设置的标准笑容，但实际上一点也不友好。

身边是这次巴黎画展的女主角。她留着齐肩的头发，没有染发，头上戴着一顶圆礼帽。穿一件短款的白色皮衣，长裙用的是一种我没有见过的布料，不动的时候是黑色的，但一旦走起路来，就会隐隐约约看到裙子上面闪烁着的纹路。她戴着墨镜在和别人视频，感觉高傲得不得了。

“看起来跟那些机器人没什么两样。”我嘀咕了一声。

“你别以为我没听到哦。”她突然转过身来，冲我做了一个鬼脸。

很快过了安检，出了机场，我们直接上了方缆。“为什么中国还不完善方缆线？我上次去云南，光是等直升机就花了20多分钟。”

方缆是一种类似于电梯的交通工具，埋在比地铁更深的地底。只要交通线足够发达，方缆能够直接把人带往任何一个人的家里。简单一点说，出门前预订好方缆的路线，然后走进家里的电梯，只要是室内的地方，都能在半小时内抵达。到达之后，电梯门会直接打开。

“你还记得蓝华吗？”我刷完卡问她。

“不记得，怎么了？”她终于把墨镜摘了。

“她定做了一条方缆线，把她上海的家和她男朋友北京的家连在了一起。”

“我想起来了，就是那个讲话很快的女生！哈哈哈，我记得她说她怀疑她男友很久了，真是行动派。”

我把手机连上方缆，开始回复邮件：“全是安全机器人的广告，我都怀疑暴动是不是他们这帮人策划的。”

一个视频请求打了进来，是四季酒店的前台，我点击了接受。

“你们好，吴先生、吴小姐，我是莉莉，欢迎来到巴黎。房间已经准备好了，等会儿会直接送你们上去。想要在房间里吃点什么吗？我们准备了水果和香槟。”

“不用了，谢谢。”

“好的，祝你们有愉快的一天。”莉莉给了我们一个舒心的笑容。

现在坚持不用机器人服务的酒店已经很少了，所以我们到各地住的基本都是四季，光是这种人情味就值得我们花上几倍的价钱。

虽然去过各地的奢华酒店，电梯门打开的时候，套房的景致还是令我们十分惊艳。

四季酒店所在的这栋建筑是世界第二高的，其实几天前它还是全球第一，只是上海新落成的方缆中心取代了它的位置。近几年，全世界似乎都进入了对摩天大楼的一种几乎痴迷的状态。

电梯门打开，外面是一片浓郁的小树林，木板铺成的小道就在脚下。管家接过我们的行李，开始给我们介绍设施。木板穿过树林延伸到客厅，家具都是纯白色的热带风格，然后就是开放式厨房，天花板高得不可思议，上面的图案是变幻的蓝色天空。管家看到我在抬头，就把遥控器递给我，示意我按下灰色的按钮，把房间调成自然模式。

天花板从中间裂开。“Cool（酷）！”身旁的她兴奋地叫了一声。天花板呈半球形从两边缓缓地降了下来，外面真实的夜空慢慢地显现出来。我这才看清楚，原来整个房间是一个半圆的玻璃球体，就像我们小时候玩的水晶球一样。调成自然模式之后，天花板就会落下。我穿过用餐区，慢慢抚摩着玻璃做成的墙壁。巴黎的夜景全在脚底，埃菲尔铁塔还是亮着金黄色的灯，过了这么多年，依然是巴黎的永恒标志。

“现在已经是深夜两点了，吴先生。因为考虑到时差，进来的时候我特意把房间的时区调成了白天。”

“好，我们先休息，有需要再叫你们。”

等到管家都出去了之后，她拿着遥控器到处捣鼓。不知道按到了哪个键，她身旁的木板突然下陷，然后浴缸缓缓地升了上来。

“啊哈，今晚我要看着埃菲尔铁塔洗泡泡浴！”她跳到浴缸里面，手舞足蹈。

我看着她，突然想起了22年前。“你还记得我们第一次来巴黎的时候吗？”我问。

“那么小的时候的事情，我哪里记得啊？”她从浴缸里爬了出来，抓起一个苹果咬了一口。

“想不到再来这里过了20多年。那个时候你还一天到晚和我作对，一不顺心就又哭又闹。”

“那是因为你老是跟别人说你是中国好哥哥，实际上又老是欺负我！”

“那又不是我说的，是别人这么叫我的好吗？”

“现在你可是大名鼎鼎的画家沛尔的哥哥哦！哈哈，没人再管我叫老吴的妹妹了。”

“切！”我站起来捏了一把她的脸，准备回自己的房间。“明早一起去跑步吧。”我走之前说了一句。

“好。”她的墨镜又响了，不知道最近到底是和谁打得火热。

沛尔的画展在卢浮宫举办。前几年媒体对她的评价都是偶像派画家，很多人忘了她除了姣好的外形之外，她大部分的作品都在展现机器人战争的残酷。她画了很多很多在机器人战争中受伤的百姓，哭泣的人们、失去父母的孩子、战争留下的残局。她甚至不顾我们的反对，参加了韩国和地中海的机器人战争。而让她一夜成名的，就是那幅洁白的圣托里尼小岛变成烧焦的废墟的画作。这次的卢浮宫画展其实是她要求我一定要安排的，所有的费用都由我们自己承担，她希望通过这次展览，尽可能地改变当局的看法。那些发动战争的国家美其名曰自己是在用机器人联盟军，没有伤害到军人的性命，但实际上，他们给战区的平民百姓带去了更加残酷的伤害。

画展就在今天，来的人很多，卢浮宫的馆长和中国驻巴黎大使担任剪彩，我站在他们旁边，和他们一起拉着彩带。

我从侧面看到她自信而笃定的表情，稍微放心了一点。

剪彩后展览正式开始，游人陆续进入会场。我在她的一幅画作前停了下来。这幅画画的是两个人的背影，夕阳下，一个大人和一个小孩手牵手，两人相视而笑。我有些似曾相识的感觉，好像她小时候我也和她一起拍过这样的照片。但画里的地面上都是机器人的残骸。

画的简介是这样写的：2030年，韩国江原道在申请了战争保护的情况下仍然遭到机器人联盟军空袭。轰炸过后我看到一个男人在找他的妻子和女儿，可是他的妻子已经在轰炸机下死去了，他最后在防空洞里找到了他的女儿，是个好心人把她抱进去的。

我又仔细地看了看画中两个人的表情，父亲的脸上有泪。

唉！我在心里重重地叹了一口气。虽然我也对机器人战争极其厌恶，但这真的不是我们一两个人就可以改变的，我也不觉得这是我们的责任。

我转了一圈，看到远处沛尔和一个男生在一幅画前聊天。男生穿着白色衬衫，长得挺好看的。那幅画有两米多高，他们两个站在画前，似乎和画融为了一体，倒是有一种说不出的美感。

这个就是她每天都在聊天却又迟迟不肯告诉我的那个男朋友？看起来还……行吧。她的脸上有种说不出的快乐表情，我知道那是什么表情，那是爱上一个人的表情。好吧，既然找了个这么好的男朋友，为什么不正式介绍给我？真的当我是老古董吗？

我决定过去问清楚这神秘男到底是谁，但这个时候，我突然听到一声巨响。

卢浮宫的金字塔入口被炸碎了，大片玻璃掉了下来，人群变得混乱，尖叫声此起彼伏，几个战型机器人从天而降。我朝沛尔的方向看去，她和那个男生都趴在了地上。“快叫维和机器人！”有人在喊，警报器被拉响了。我急忙用手机联系方缆来接我们走。

我朝沛尔喊：“沛尔你别动，方缆正在过来，我们马上就离开！”

“哥！”沛尔听到我的声音，马上向我跑来，这个时候维和机器人列队出现了。

“所有移动的物体都会受到攻击，请大家不要移动。”卢浮宫广播不断用各国语言重复这句话。

“沛尔，你趴下别动！”我警告她。

战型机器人停在原地，这次的攻击目标似乎不是人类，它们的头转了360度，然后连环的子弹射向了每一幅画作。

“不！”沛尔大喊。她心疼的不仅仅是她的画，还因为炸开的碎片伤到好几个人，尖叫声再次此起彼伏。

维和机器人开始采取行动了。

这个时候，我的手机收到提醒，方缆已经到位，随时可以离开，但方缆入口在维和机器人队列后面。

我一点点挪动，终于抓住了沛尔的手，而沛尔的手紧紧地牵住了那个男生。

战型机器人的头又开始旋转了，我看到一个、两个、三个红点聚集在沛尔身上。它们这次的目标是她！

“快跑！”这句话那小子居然比我还先喊出来，我们三个朝着方缆的入口一路狂奔。

一颗颗子弹朝我们追来，我不敢回头看，几乎想抱着沛尔往前跑。等到我们终于进入方缆，关门前，我亲眼看到一个维和机器人被炸成碎片，我大叫“小心”，把沛尔按到墙壁上。一块碎片带着热浪不偏不倚地射了进来，哐当一声掉在地板上，还冒着烟。

方缆开始下沉。

那小子主动向我伸出手：“你好，我是方佐。”

接下来都是沛尔在说话，听她解释完，我还有点缓不过来。

第一，他们两个只是普通朋友。

第二，方佐是方缆交通集团董事长的大儿子。方缆集团从来都不仅仅是一个提供交通运输便利的公司，他们表面上是在制造价格昂贵的方缆运输网络，但实际上是在收集权贵的资料，希望能找到机器人联盟军从未露面的五个头目。虽然现在大部分人身上都装有反窃听和反监控设备，但因为方缆和别的交通工具不同，拥有独自的封闭空间和运输体系，所以他们通过监控，获得不少可靠的资料，并且在几年的积累之下也组成了一支反机器人联盟军。自从看到沛尔那幅圣托里尼的废墟的画之后，方佐就开始密切留意这个女孩，他想吸纳她加入反机器人联盟军。

方缆的门重新打开了。“这是我们的巴黎总部。”方佐说。

谁都没有想到方缆的总部就在埃菲尔铁塔的下面。

“我们今天晚上会有一个实验，”方佐说，“我们想利用铁塔的特殊结构改变这一区域的磁场，看看能否干扰那些战型机器人的运作。”

沛尔很兴奋，我看得出来，她甚至想参加今晚方佐负责的隐形战机巡逻。

“战型机器人也有弱点，就是它们在攻击前，头部会360度旋转来监控战场，这为我们的攻击争取了三秒的时间，在战场上，这三秒足够宝贵了。”

方佐一边带我们参观总部，一边向我们讲述他们这些年对机器人所做的研究。

我们简单地吃了点东西后就被带到了休息室。

只剩下沛尔和我两个人了。她先打破沉默：“哥，我知道你觉得我们对这些事情没有责任，我也知道爸妈希望我……”

我直接打断她：“不，我只希望你是自己人生的主角。”我看着她，“你说得没错，我只是沛尔的哥哥，而你，才要决定自己以后的路怎么走。到目前为止，我觉得你和方佐在做一件很有意义的事情，我是不会反对你的，我也没有这个权利。”

她走过来，轻轻地抱住了我。

我突然想起22年前，我们在埃菲尔铁塔前照相。那天的阳光很温和，没有机器人，也没有方缆，没有一切复杂的科技和冷冰冰的系统。我们像两个小傻瓜一样站在太阳底下，妈妈站在我们前面吃冰激凌，而沛尔也像现在这样，轻轻地抱住了我。

如果我们还在2015年，多好。

TALKS

最甜蜜的负累

当我还是个小孩子的时候，我最在意的是大人能够认认真真地听我说句话，而且听的时候不要笑，听完之后告诉我他是怎么想的，不需要奶声奶气的，只要把我当作大人一样就好了。

也许这就是一个小孩子的自尊心吧。

所以我和沛沛待在一起的时候，我都会停下手头要做的事情，听她说话。

她说他们班要选三个值日班长出来，三个小朋友轮流做班长，这是全班投票决定的，她刚刚转学进去就被选了出来是很厉害的哦，说着说着自己又不好意思地笑了。

沛沛跟我说她在学校里面最好的朋友游泳很厉害，经常去参加比赛，但她不太喜欢游泳，所以每周的一、三、五的下午她好朋友提早下课去游泳的时候，她会很舍不得。

沛沛跟我说她其实喜欢妈妈比喜欢爸爸多一点点，不过只有一点点，几乎看不出来，她说的时候还来回张望，担心爸爸听到了。

和她待在一起的时候，会回想起很多小时候的事情。

记得有一次，爸妈两个人出去旅行一个星期，那几天就由我去幼儿园接沛沛放学。

因为白天要工作，工作的地方又离得有点远，幼儿园是4点放学，我急急忙忙地提早结束工作，但开车到幼儿园的时候已经快到6点了。

我跑上二楼的课室，看到沛沛和两三个小朋友跟老师一起，她在窗户前，一副左顾右盼的样子，看到我的脸出现在门口，她连蹦带跳地跑过来抱住我，咧开嘴巴笑着说："哥哥，今天怎么是你来接我呀？"

我突然想起小时候，自己总是最后一个待在学校隔着铁门等家人来接的。我偷偷跟自己说，明天一定要早点过来，虽然沛沛也很懂事，但是我不喜欢那种她被落下的感觉。

她收拾好书包，然后牵着我跟我说，今天回去要念半个小时的英语单词，以前妈妈念的总是不标准，让我给她念。

我点点头，然后说：“明天你一放学哥哥就在门口等你。”

“好耶！”她开心得跳了起来。

回家之后，她先开始练琴，我就坐在客厅的沙发上，给她计时。她那个时候弹琴磕磕巴巴的，但是特别仔细。她还会一直吵着嚷着要把自己刚学会的曲子教给我，所以我现在也会弹首《两只老虎》，还有《献给爱丽丝》的开头。

练完琴之后我就教她念单词，我说一句，她跟着念一句，她经常念着念着就问我别的东西怎么说，比如说冰箱啦、葡萄啦，可是说完之后转眼她就忘了。这个小屁孩。

睡前讲故事是她最喜欢的环节，她越听故事越精神得睡不着，一直问我“后来呢”“为什么”，直到灰姑娘都快要遇到七个小矮人了，她才会慢慢安静下来，我小心翼翼地抽出身子下床，关好房门，关门前再看她一眼。

我突然体会到那句电影台词的含意："如果你害怕一个人的话，你就叫醒我，就算我睡着了也可以叫醒我的。"

第二天6点多就要起床，要送她去幼儿园。她早上总是呆呆的，一副没有睡醒的样子。餐桌上我拿筷子逗她，逗得她要追着我满屋子打。

把她送到幼儿园，看着她离开我跑着向前的背影，心里仿佛有阳光笼罩，这个场景是我力量的源泉。

我们拉钩好不好？你把眼中的世界絮絮叨叨地说给我听，而我负责在你无所畏惧向前奔跑的时候保护着你，不让你摔倒。

因为你啊，是我最宝贝的宝贝，最甜蜜的负累。

扫扫二维码，即可领取吴大给独一无二的你精心准备的礼物。:)

最甜蜜的负累

再等一分钟

就算你知道未来又怎么样呢？改变不了的未来就是铁定的事实，在即将发生的不幸前，我们能做的也不过是徒劳地呼喊而已。

这个秘密我从小到大都没有告诉过别人。

我能预知未来一分钟内会发生的事情，不长不短，就一分钟。

其实我也尝试过告诉别人。我试着用预测一场比赛的胜负，或者预言老师会不会随堂小测来证明自己的预知能力，但尝试了几次之后还是没有人愿意相信我，他们觉得比赛前大半场胜负本来就已经很明显了，而我只是刚好在办公室里听到了老师吩咐科代表待会儿要小测。事实的确如此，按照一件事情的发展逻辑去推测一分钟以后会发生什么，这并不难。大多数时候这能力派不上用场，所以后来我就索性不跟任何人提这件事情。

而我最初发现自己拥有这样的能力，是在初中的时候。

那是一天下午放学后，我和吴雅丽两个人负责值日。吴雅丽是大家口中的班花，虽然我不觉得她和其他女生有什么不一样，充其量只是唱歌好听一点，但这似乎是公认的事实。有些事情就是这么奇怪，你始终无法认同，但它们莫名其妙就成了“公认”。

我这个平时在班里不太发表言论的人自然没有吴雅丽那么受人瞩目，和吴雅丽一起值日也是因为我们同姓，所以学号排在了一起。

那天她在扫地的时候，我跟她说她扫好地就可以走了，剩下的交给我就好了。然后我大概用了十分钟潦草地拖地，把桌椅摆好，这个时候教室里已经一个人都没有了，我回座位拿书包的时候发现吴雅丽没走，还站在后门门口。

“你怎么还不走啊？”我随口问了一句，觉得她应该是在等其他班的朋友一起走。

“我等你啊。”她回答我。我没想到她会这样说，一下子有点接不上，一头雾水地背上书包，然后走到前门把门锁上。

走到后门的时候，吴雅丽站在原地一动不动，我打算拉上后门的时候说了句：“你让一下，我要锁门。”谁知道她还是一动不动。我疑惑地看着她的脸，刚想说话的时候脑海中突然闪过了放电影一样的画面，我看到了吴雅丽踮起脚把脸凑近我的样子。

我下意识地退了一步。

“那个……大伟，你有女朋友吗？”她看着我问。

“没有。”我摇头。

“哦，那你……”她低下头看着自己的脚。

“嗯？”

吴雅丽踮起脚，把脸凑近我，然后……我用手挡住了她的嘴巴。

“对不起。”我记得自己简直是落荒而逃。

如果要用逻辑去算，谁能算出吴雅丽这种自带光环的人居然会主动想要亲我？

如果你说她问我“大伟，你有女朋友吗”足够表明她一分钟后的动机，那接下来这件事情，你一定会相信我。

17岁的时候，我和奶奶一起坐小巴士上山，同行的还有关爱会的一些爷爷奶奶。我们是去慰问山上的贫困儿童的，奶奶的老年除了跳广场舞之外，还组织了一个关爱会，每个月都会组织社区里热心的老年人到附近县城里的山区学校给那些小朋友做饭，送文具和书，奶奶是一个挺有影响力的人。

那阵子我异常叛逆，对学习一点也不上心，一门心思想着下课打球或者去玩轮滑，所以被爸妈拽着和奶奶一起参加关爱会的活动，他们希望我去过贫困山区后能够洗心革面。

一路上大家说着笑着，老人们都很兴奋，又是合唱，又是朗诵，气氛很热闹。

我从上车开始就躺在汽车最后一排，戴着耳机，希望这一天能赶紧过去。

山上路不好走，车开一会儿就颠两下。歌听腻了我就摘下耳机，开始用预知能力预测下一首歌轮到哪个老人，在他拿到麦克风之前就在后面高声喊了一句："张大伯，您来一首《难忘今宵》吧。"

"嘿，我就知道你想听这个！这首歌是你张大伯的成名曲啊。"

大家笑成一团的时候，我又看到了那些一闪而过的画面。

我站起来大喊："停车！师傅停车！"

"大伟，你别打断我啊。"张大伯才唱完第一句。

车颠簸得很厉害，我着急地站起来，摇摇晃晃地往前走，一直大喊："停车！停车！"

"怎么了，大伟？"奶奶伸直身子问我。

"停车！师傅！"我终于艰难地挪到了驾驶座旁边，就差握住他的方向盘了。

司机看了我一眼："小伙子，这里不好停的哦，你要上厕所，等……"

小巴车冲出了山道，有那么一瞬间，整辆车是悬空的。我回头想看奶奶一眼，但我的头狠狠地撞到了车顶……

然后就是一片漆黑了。

醒来的时候，奶奶已经不在了。

我还记得在病床上，我抱着我妈哭得气都喘不过来："妈，我能看到会发生意外……我喊司机停车，他就是不听……妈，奶奶怎么办啊？"

家里人都以为我是伤心过度说胡话。

只有我自己知道是怎么回事。

从那天开始，我就想努力摆脱这种能力，就算你知道未来又怎么样呢？改变不了的未来就是铁定的事实，在即将发生的不幸前，我们能做的也不过是徒劳地呼喊而已。

直到我认识了苏哲。

那天我在咖啡厅里看到一对情侣吵架，本来也无意听，但他们实在太大声了，想不听也难，大概是男生用女生的钱带别的女孩出去旅游，还骗女生是出差。

这种事情我真的听烦了。两个人越吵越凶，男生说："你不也背着我和别的男生一起出去看电影、吃饭，还发微博？"

原来两个人都不是省油的灯。

吵着吵着女生突然站了起来，闪烁的画面又出现了，我看到她拿起水杯，男生以为她想泼他，结果抢先拿起杯子泼向她，然后也殃及池鱼地泼到了我。女生大喊："你有病啊？我拿杯子是因为我吵架吵渴了！"

我赶紧站了起来，拿着手里的杯子绕过我们中间那张桌子，在那个男生拿起杯子前，把我的咖啡泼了他一身。

然后我转头跟那个女生说："如果我不泼他，就是他泼你。"

最后我们还是被泼了一身橙汁，我和那个女生一起。

这就是我认识苏哲的过程。我没有意识到，那一次我所做的事，已经改变了未来。

后来我们开始约出来吃饭见面，一起看电影、看艺术展。

我经常拿第一次见面时她和前男友的吵架内容调侃她："如果你要背着我和别的男生一起出去看电影、吃饭，你可千万别发微博上让我知道。"

后来我才知道，她那段时间因为觉得前男友不在乎自己，所以故意找了个男生拍照片发微博。

我们交往后她经常问我，为什么我总能在她想打电话给我之前打给她，我说大概是心灵感应，她笑着骂我俗。

除了这个，我还知道在她喊累之前就提出送她回家；第一次吃饭就在她要点鳕鱼排之前帮她点好，配好她喜欢的蘑菇汁；在她发微信说想我之前给她发一个亲嘴的表情；在她想要发脾气闹情绪的时候提前吻住她的嘴。

我这才慢慢地享受到这种能力给我带来的甜蜜感觉，渐渐变得开朗起来。

让我印象最深的一次，她为我准备了一个生日惊喜，我们一起飞到大溪地过生日。我双眼被布蒙上，跟着她一步一步地走到沙滩上，然后闪烁的画面出现在眼前，我看到她准备了一本很厚很厚的日记本，上面是她从小到大的照片，她成长中的每一个时期，旁边都标上了跟她合影的人是谁、当时在哪里、她的记忆里那一天做了什么事情，从在婴儿盆里洗澡，到小学第一次戴红领巾，到中学参加运动会，到大学毕业典礼……而最后一页，是一张我和她的合照，旁边写着："我的前半段人生已经跟你交代清楚啦，接下来你要带我去哪里呢？"

在揭开眼罩前我的眼睛已经湿润了，以至于她后来生气说我看到她的日记本时没有她想象中的开心激动，那可是她花了好几天做的，而且里面的照片都只有一张，是超级珍藏版。

我只好对她傻笑。

回去之后的母亲节，我们正式见了双方的父母，并且开始商讨婚事。苏哲的父母表示因为他们是房地产商，所以坚持我们的新房由他们负责。大家谈得很开心，父母方面几乎没有什么摩擦，同意了我们，也认可了对方的家庭。

过了一个星期之后，苏哲爸带我们去尚在施工的工地看以后的新房。新房在顶楼，拥有整栋建筑里最宽阔的格局和最棒的视野。苏哲拿了一个笔记本，记录每个角落打算怎么装修，还设想好了婴儿房的摆放，还有她一直想要的一个靠落地窗的超大浴缸。苏哲爸跟他的朋友、同事介绍我的时候感觉特别骄傲，还说印了喜帖首先发给这几个承包商。看完之后，我们回到楼下讨论要不要去另外一座副楼看看，因为虽然是副楼，但是有一边可以看到江景。当大家都在犹豫的时候我又恍然看到了闪烁的画面：二楼的装修材料毫无预兆地掉了下来，苏哲爸被砸中了头，血开始流出来，苏哲坐在地上哭，而苏哲的头顶还有大片装修废料摇摇欲坠。

我看呆了。

我一把推开苏哲爸，当我看见苏哲一脸疑惑地看着我的时候，碎石把我整个人砸趴在了地上。

又是一片漆黑，跟17岁的时候一模一样的感觉。

似乎过了很久很久，闪烁的画面又出现了，苏哲仿佛哭干了眼泪的脸颊上终于露出笑容，她吻了我一下。

我还活着，只要再等一分钟我就可以醒过来了。

再等一分钟。

柏盛地产
小K有机

TALKS

不 迷 茫

北京是一个容易让人迷茫的地方。

倒不是说这里的环境和物质生活容易让人迷茫，而是人。

刚来的时候我也困惑过，但现在回头看看走过的路，才发现没有必要。

我从大学时起就开始创业了，那个时候的愿望很简单，不想再依赖父母，想要自己决定自己吃什么、穿什么。

没错，我家境还不错，但这始终是父辈的累积，我认为自己可以享受，但不应该觉得理所当然。

所以就有了我在淘宝上的第一家服装店。

当时我觉得服装就是最低的创业门槛了，勤快一点，每天6点起床去跑服装市场，找自己喜欢的男装款式。既然没钱请模特，那就自己拍；没钱买摄影器材，那就用手机拍；没钱找修图师，那就自己学PS[①]。简单的技能就应该自己试着去掌握，如果什么都想找专业的人去做，那要么就得花大价钱，要么就事业根本无法开始。

我的小小服装店就此开张了，于是我每天都有了收入，赚得不多，但让我有了一定的自信和责任感。

开始创业之后，我退出了之前参加的所有的社团和学生会的活动。

那些的确是看起来更热闹、更有意思的事情，但我觉得既然选择了创业，那么无论这份事业有多小，我都应该专注。

纯粹地做一件纯粹的事情，这是我到现在都一直要求自己的。

后来慢慢地，经过一点一滴的经营，通过尝试各种不同的风

①Photoshop，一种图像处理软件。

格，虽然顾客不算多，但是每次上新款式，老顾客总是可以找到他们喜欢的衣服。

现在回想起来，我觉得这里面有我自己一直没有意识到的一个道理，就是坚持。

听起来有些俗套，但很多人做不到。

每天看着同一家店铺，每天从不同的角度想着如何创新，从衣服的款式到推广的方式。我坚持亲力亲为，坚持自己去挖掘每一个创新点，坚持方向，坚持不放弃……

反观我现在经营的朴尔因子和美控App，也有一些我一开始觉得很机灵、很有天赋的员工，干了一个多月之后，就开始找我吞吞吐吐地谈辞职，说着各种各样的借口：找不到动力，自己似乎不适合这个岗位，压力太大，想要去旅行放松一下自己……

面对他们，我从一开始的疑惑，到现在淡然处之。

这些看似机灵或者是有天赋的人，其实并不聪明。

下一份工作和旅行，看起来都太诱人了，似乎你马上就能够从新的工作中找到归属感，似乎一场旅行回来你就能得到身心大洗礼。

但实际上，这一切都只是臆想。

你如果能让自己感到快乐，你去楼下的便利店买杯酸奶也会快乐；你如果能够专心做好一份工作，就从现有的工作开始，等你做到极致，再去告诉你的老板你不想做了，那个时候是他对你的百般挽留，而不是你自己在原地徘徊纠结。

学会在现有的环境里，找到转机。我们改变不了世界的运转，但可以改变自己。

第二次创业，是朴尔因子。

我看过太多太多创业故事一味兜售自己的悲惨处境，在创业的过程中如何遇到艰难险阻，如何忍受痛苦、艰难前行。但其实真正的创业的艰辛，是说不出来的。

我和大家说过的几件事，是在我的身体上反映出来的，胃炎、腰肌劳损、免疫力低下造成的疾病……

生病是生理上的折磨，但在创业过程中，心理上的折磨远远大过生理上的。

在朴尔因子成立初期，我整夜整夜地睡不着觉，因为觉得店铺的很多东西没有达到自己的要求。我想要最好的原料、最好的工厂、最好的设计，而且要在两个月内完成。

他们都说我是疯子，光是和各种各样的供应商洽谈差不多就要两个月的时间，而我希望两个月后就能够把产品做出来。可我就是要把南墙撞破，如果不止一堵南墙，那我就一堵一堵地去撞。

我自己一个人是没有办法完成这些事情的，但我还有他们。

和我一起工作的，有负责开发的梁上进、负责运营的老肖、负责人事的晓玲、负责设计的阿源等，他们愿意配合我的吹毛求疵，愿意接受我的天马行空。

这本书里有他们的爱情故事，但更多工作上的故事我没有写出来，也许会写在下一本书里吧。生活总是那么轰轰烈烈，这些人对于我来说已经不仅仅是创业伙伴，更像是战友一般。

“朴尔因子”这四个字，浸泡着太多人的泪水和汗水。

成立之初，我就是抱着做一个真正有影响力的品牌的梦想去做的。而现在，我们和世界各地的原料厂签署了原料供应合约，部分原料只供应我们一家。我们收购了工厂，全权把控产品品质。我们和15家公益机构达成长期合作关系，努力赋予这个品牌更多的意义。未来要做的事情还有好多好多……

有人问过我，在这条路上，我会感到孤独吗。

我很坦诚地回答你：会。

孤独是一件好事，它让我们重新审视自己。平日里太多的喧嚣和匆忙，经常让我们忘记做一件事情的初衷。

我孤独，但是我不失落；我孤独，但是我不失望；我孤独，但是我不迷茫。

希望你也能够从自己开始改变，一切都还来得及，只要从现在开始。

爱情的成长速率

当两个人的距离越拉越远的时候，问题就会慢慢地出现。
总要有人停下来等一等，或者有人加把劲追上来。
速率相同，才会爱得更久。

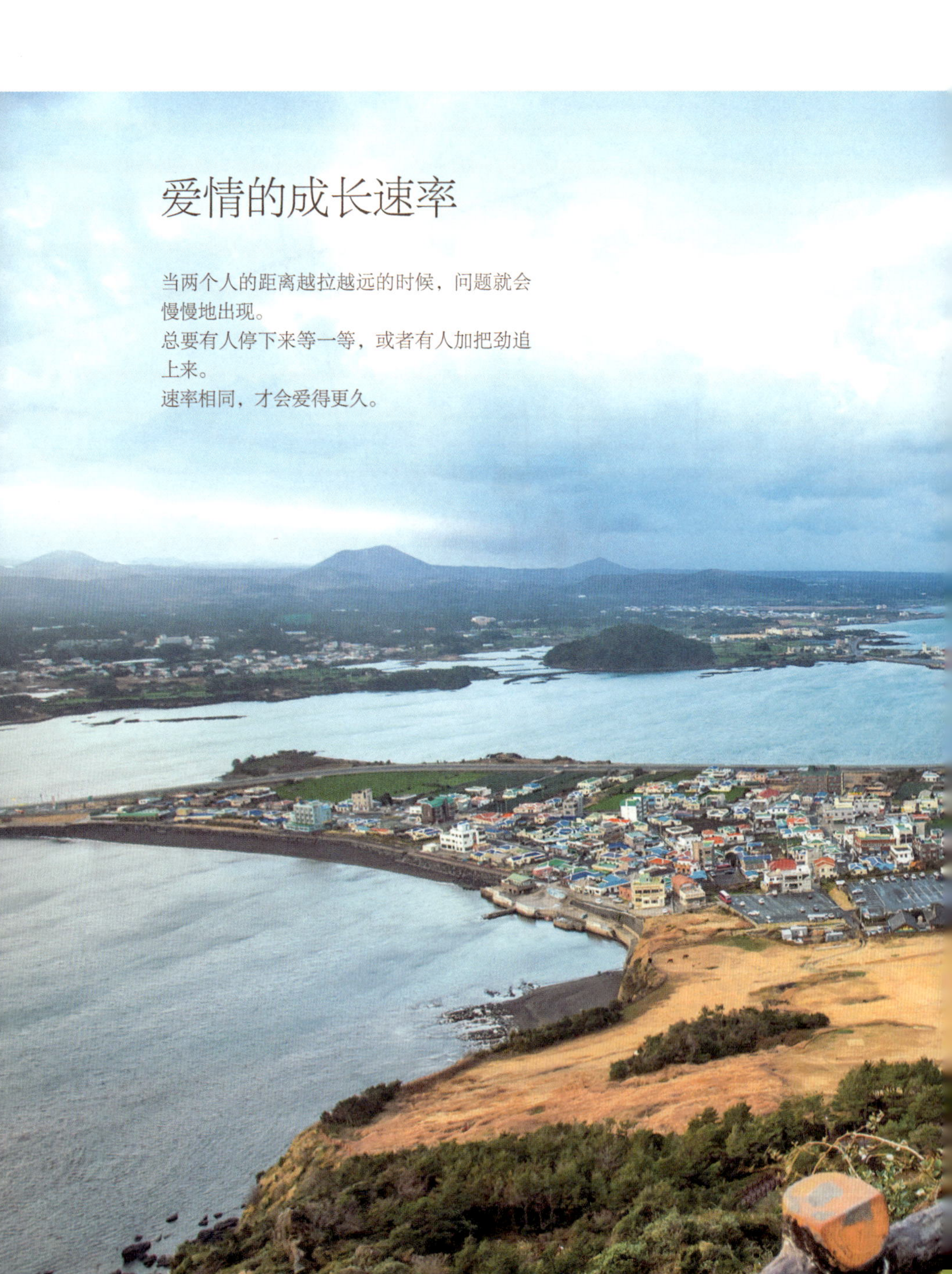

STORY

这世界，缺你不可

认识肖已经有三四年了，但真正一起工作是从今年开始的。

她是一个非常干练的女生，留着有点卷的短发，皮肤很白，走路很快，说话很大声。当我和大家意见不合的时候，公司里面大概只有她敢当着大家的面吼我。

但我从来没有生过她的气，一方面是我敬佩她的才华，另一方面是我知道她是打心底里为我好。

她加入我们之后操办的第一件事情就是年度大秀，当她穿着十厘米的高跟鞋和高腰裙、戴着耳麦在现场做指挥的时候，从远处看就像一只手舞足蹈的仙鹤，气势逼人，好像随时要腾云驾雾。

除了气场足之外，她还很喜欢给我们推荐各种各样的东西：“这家的牙医非常靠谱，你一定要来这里洗牙。”“你看了这本美容书没有？天哪，赶紧下单。哦，对了，不用买，我这里有，借你看，但你不准动我的折页。”“兴盛路那家餐吧格调非常高！你去了就知道什么叫逼格！”

她的口头禅是：“你别慌！老娘有Plan B。”

所以我就放心地把我们5月份的樱花视频策划全权交给她。在去济州岛之前，我几乎没怎么过问过细节。上飞机之后她甩给我一片面膜，警告我晚上要10点睡觉，第二天拍摄要是眼睛不够有神，她就要我好看。

可我实在拉不下脸在飞机上敷面膜，只好说晚上一定敷。

济州岛的天气还不错，走出机场就能感受到刚刚好的凉爽，天空蓝得一片晴朗。我正享受的时候，转头一看，肖戴着几乎要把整张脸都盖住的偌大的墨镜。我让她赶紧摘了墨镜，感受一下这片清新天地，她神经兮兮地跟我说，接受这样的日晒超过十分钟就会有问题，要我们赶紧上车。

和我们一起去济州岛的还有一个八人的拍摄团队，他们因为航拍设备要过海关审查，所以在机场耽搁了一阵子，比我们晚一点到酒店。

到了之后，大家在大堂里面相互介绍了一下。导演叫Chris，他一见到我就很客气地用带着广东口音的普通话和我说话，说了两句我就听不下去了，对他说：“你讲白话啦，我识听。”他不好意思地笑了，牙很白。

简单讲了一下第二天的拍摄流程之后，我们就各自回房间了。我们订的是两室一厅的套房，回去之后我一躺到沙发上，肖就拿着脚本过来跟我对，这次拍摄的故事我刚听到就很喜欢。

故事讲的是男生独自在山上散步，收到一个喜欢了很久的女生的语音信息，她听说世界上有不凋谢的樱花，问男生知道吗。男生听了信息之后会心一笑，告诉她自己知道这种樱花，就在济州岛上。后来男生带着女生来到济州岛，在岛上一起骑“小绵羊”看油菜花田，骑单车去茶田品刚刚采下的茶叶，在灯塔旁拍照，在海边漫步，一起在家里吃用新鲜柑橘做的巧克力……他们体验了岛上所有的浪漫，他却迟迟没有带她去看不凋谢的樱花。片子的最后，男生终于穿上帅气而正式的西装，开着跑车去樱花树下赴约。

全片只有一句台词：“树上的樱花会落下，但我已经把樱花最美好的部分保留了下来，送给你。”

片子里的男生就是我，而女生一直没有出现，只是以第一视觉存在于镜头里。所以整部片子就是我一个人发挥。

那晚讨论完脚本我们就早早睡了，第二天一早起床，肖就催着帮我做造型，当她拿着弄头发的全套装备出来的时候，我在心里感叹：究竟还有什么是这个女人不会的？

第一个场景是樱花大道的航拍，也就是片子的最后一段，我要开着车在樱花大道上保持匀速行驶，要跟着航拍器，不能超过它的速度。我听到航拍器发出嗡嗡嗡的声音起飞，渐渐盘旋在我头顶，一开始一边开车还要一边用眼角余光瞟瞟航拍器，还有些紧张。但后来就一次比一次自然了，还故意耍耍帅，拍完之后导演才跟我说，根本没有拍到脸。

下午是拍油菜花田的场景，去的时候我在车上睡着了，导演让我休息，他们先下去勘景，可是我眯着眼没多久，就有同事过来敲车门。我迷迷糊糊地打开门，她说肖和Chris在那边吵起来了。

我赶紧下车过去看是怎么回事，结果我过去的时候两个人都不说话了，我问怎么了，Chris告诉我这个场景展现的就是我牵着女生的手走在油菜花田里，所以没办法航拍，因为一用航拍就知道是我一个人，会穿帮的。

但肖说这片海边的油菜花田上空取景一定很棒，如果不拍进去，根本就是白来。全片只有最后的樱花大道用到大场景，视角太少。

“既然我请了你们过来，肯定是要做些超乎水准的东西，你们连这点问题都克服不了，当初就不要说得那么信誓旦旦。”虽说肖抛冷话的样子我早已见怪不怪，但我还是头一回见她对合作团队这么不客气。

“你能不能相信我们的专业？你永远都是这样，什么都想自己掌控！”Chris也是一时冲动，话一说出口就后悔了。

留下我们面面相觑，幸好另外一个同事机灵地过来提醒时间和光照问题，要赶紧开始。

“就算今天拍不了，最后一天也要过来补拍，这个场景很重要，是两个人感情升温的地方。”

肖依旧不依不饶，Chris垂下眼，说了句：“行，我搞定。”

后来，那天的航拍和地面的镜头都用到了。

回酒店之后，肖等我洗完澡又跑来跟我说第二天要穿的衣服、要拍摄的场景等等，好像丝毫没有受白天的事情的影响。

我说我都知道了，早就记得滚瓜烂熟了，让她赶紧去洗澡，她才撇撇嘴回了房间。

酒店房间外面是个很大的阳台，有个很大的露天水池，可以放热水泡澡。我倒了一杯红酒，坐在水池边缘，几个同事都坐了过来拍夜景，但拍了没几张就嫌冷回房间了。等肖出来的时候，我隔着玻璃跟她示意了一下，她走了出来，假装一脸不耐烦地问我：“干吗？”我拿起红酒瓶，说：“你说的，睡前喝红酒美容！”

她没好气地在我旁边坐了下来。

“Chris是你前男友？”我一点也没拐弯抹角。

“对。”我没看她，但我知道她这个时候一定在翻白眼。

“你行啊你，公器私用，还照顾前男友的公司。”

“屁啊！他们那家摄影机构是策划部投票选出来的好吗？要不然我也不便宜他！”她一听我这么说就急了。

“开玩笑，”我笑着说，“你们什么深仇大恨？他甩了你吗？”

“你！不！准！问！”她又一副气势汹汹的架势。

“你现在不肯说，说明还在意，如果不在意了，应该是无所谓的。”我故意激她。

肖一口把瓶子里的红酒喝干，开始跟我说他们的爱情故事。

肖和Chris大三时认识、恋爱，大学里的恋情总是美好得不像话。出来工作之后两个人就同居了，肖主攻品牌策划，所以找了一家知名家电品牌公司工作，Chris个性木讷，但是喜欢摄影，所以毕业后打算和学校社团里的人一起出资成立一个工作室，专接摄影项目。

两个人的恋爱细节里，有两件事情在肖的记忆里是最最深刻的。

肖在大学的时候很喜欢玩PSP ，里面有个攻城游戏她简直玩得走火入魔，当她好不容易只剩五关就能打爆机的时候，她刚好放假回老家扫墓，PSP不小心丢在了下山的路上。回家之后肖一直在电话里跟Chris发脾气，说自己很不爽很不开心，Chris听了不是很理解，不就是PSP吗，再买一台就好啦。肖在电话里强调，这不是丢了PSP的问题！这是她玩了这么久的存档都没了的问题！

过了几天，肖慢慢地忘了这件事情。那段时间肖晚上和Chris打电话的时候，他总说自己要忙社团的事情，匆匆挂断。

肖似乎隐隐约约猜到了，两个星期之后，她收到一份快递，里面是一台新的PSP。她一副“我就猜到你会买给我”的样子，打电话给Chris，结果边打电话，边打开PSP的时候，她发现里面已经装好了她之前玩的那个攻城游戏，而且刚好玩到她之前玩到的那一关，装备什么的还多了很多。她的眼睛一下子就湿润了，直接对着电话喊：“王浩（Chris中文名），你干吗这样！”

后来两人争吵的时候，肖只要想到这件事情就会暖心一笑，忘掉谁对谁错。

另外一件事则发生在两人出来工作之后。有一次肖和朋友打完羽毛球回家，觉得自己浑身酸痛，特别是腰，疼得厉害。当时她觉得只是运动后的肌肉受损，应该没什么大问题，所以没怎么在意。过了一个星期之后，她的手脚都不再酸痛了，唯独腰还是不舒服。

有一天中午她和Chris照常坐电梯下楼吃饭，肖突然觉得腰疼得受不了，是那种让她浑身都冒冷汗的疼。她不自觉地蹲了下来，电梯开开关关，进来的人越来越多，她恨不得电梯马上停掉，因为她真的疼得难以忍受。Chris看到她这副样子一下子就慌了，一边小心翼翼地在电梯里给她隔出一个空间，一边着急地问她要不要叫救护车。

她又痛又觉得好笑，生病了还要教他，他们这里是小区的中间，救护车根本就进不来，应该赶紧去楼下找保安。电梯到了一楼，肖慢慢地挪了出去，蹲在电梯旁边，Chris急忙跑出去找保安。结果保安没找到，有个老大爷在楼下绿化带乘凉，刚好他旁边放着一张轮椅，Chris冲过去问他能否借轮椅用一下，老大爷同意了。

于是就有了肖看着Chris浑身是汗地推着轮椅冲进来的画面，肖想笑，又没有力气。他把肖慢慢扶上轮椅，然后到路边打车，来了一辆出租车之后，有个抱着小孩的妈妈过来问能否先上车，Chris还在想该怎么拒绝，这个妈妈就已经上了车。好不容易等到第二辆出租车，又有个白领过来抢，白领伸手去拉车门的时候Chris急了，他抓住人家的手大喊：“你还有人性吗，我这里有病人你知道吗？”他平时不太会跟别人发脾气，这是肖看过他最凶的一次，白领怔住了，急忙帮忙把肖扶上了车。

到了医院，排队、挂急诊，医生确诊是肾炎，要马上打针。然后等药、去注射室。肖坐着打吊针的时候，已经是大半夜了。肖的疼痛慢慢缓解，躺在椅子上睡着了，醒来的时候，她看到人满为患的注射室，搜寻Chris的身影，然后看到他站在饮水机旁，低头啃着面包，看到她醒了，朝她咧开嘴巴笑了一下。肖说着这件事情的时候，我觉得她的言语里还是有心疼的感觉。

肖是个很要强的女生，什么事情都争着自己做，无论是在工作上，还是在家里，都几乎包揽了所有大大小小的事情。这让狮子座的Chris觉得很没有存在感，加上工作室一开始没什么名气，基本都在吃老本，而肖因为为人勤快，不怕麻烦，在家电品牌公司里做得风生水起，只花了半年时间就从一个广告部文员升到了项目负责人。

家电品牌旗下有很多家电品类，每次一有广告拍摄她就马上想到找Chris接，可是每次提案交给总监，都因为Chris的摄影工作室水准不够被退回。

这也直接导致肖回到家之后就冲Chris发脾气，说他为什么不拿出一些像样的作品来，就算免费拍也好，也要动起来，争取和一些品牌合作，这样路子才会拓宽。

当时的Chris哪里听得了这些，两个人大吵小吵不断。最终在一次大吵之后，Chris搬出了他们的家。

而再次相遇，就是这次济州岛樱花之旅。

肖讲完故事的时候脸已经红了，她嘟囔着：“烦死了，都说了不说了，我去睡觉了。”然后站起来，摇摇晃晃地往回走。我看着她的背影，轻轻叹了口气，我觉得这是一对不应该分开的情侣。

感情里男生成长总是比女生慢，很多女生早熟，知道要快点往前跑才能尽早地融入社会，这个时候男生却往往还在后面慢慢走，他们觉得没有必要那么急。

当两个人的距离越拉越远的时候，问题就会慢慢地出现。

这就是爱情的成长速率。总要有人停下来等一等，或者有人加把劲追上来。

速率相同，才会爱得更久。

青春电影不全是扯淡，不然也不会有那么多人看柯景腾和沈佳宜的时候，那么感同身受。

后面几天的拍摄都很顺利，肖会在一大早就和Chris沟通好拍摄方案，确定之后就按照那个方案来，两个人也没有什么争执。

Chris很专业，也很懂得鼓励人，我面对镜头多多少少有一些怯懦，但和他合作，我变得越来越自信。

拍摄的最后一天，我们大伙儿一起去济州岛上最大的烤肉店吃饭庆祝。

我终于可以好好地大口吃顿肉了，因为肖前几天怕我脸肿，一直不让我晚上吃肉，快要憋死我了。

吃饭的时候叫了烧酒，大家一起干杯的时候，我看到Chris偷偷看了肖一眼。

这一看让我比他们还着急。

我直接说了一句祝酒词："辛苦大家了！祝有情人终能成双对！"

大家笑成一团，我也跟着大笑："反正大家都要好好的！"

后来那天晚上，什么都没有发生。

第二天我们公司的人先离开济州岛去首尔签新的原料合约，摄影团队则直接回了广州。

肖和Chris后来的故事到底怎么样了呢?

下次再告诉你。

先不说了，今晚他们约了我吃饭。

TALKS

不纠结

在爱情里很多人都会纠结吧，我和大多数人一样。

有的时候我们努力地付出，坐很远的车去为对方制造一个惊喜，花很久的时间准备一份礼物，写下一封长长的信诉说心情，我们都渴望看到对方惊讶而幸福的神情。爱一个人的快乐，就是能够因对方的快乐而快乐。

我认为付出是爱一个人最轻松的方式。

不要自私地只想要索取而不付出，因为这样到最后，往往会摔得很痛。

其实付出没有你想的那么恐怖艰辛，爱就像能够提供无限动力的永动机，爱就是唯一原因。无论是他的一个笑容、一个动作，还是一个蹙眉的表情，都能够成为你生命的养分，让你心甘情愿为了再次看到这个让人心动的瞬间而疯狂地付出、沉醉地感受。

很多人会说，自己不断地付出，为什么对方都不懂得珍惜？为什么对方觉得自己的付出是理所当然的？

对于我来说，不想付出的爱根本不是真正的爱。当你真正地陷入爱情，就会想做各种各样的事情让对方快乐，并在对方的快乐中感受到自己的快乐，这一切都是自然而然的，不会有丝毫勉强。是否愿意无条件地付出也是一块试金石，让你知道自己对对方的感情是否真的有那么深。

放手去爱吧，纠结也好，痛苦也罢，都是我们每一个人需要去感受的真实世界的一部分。如果永远都把自己保护得好好的，你会缺少很多经历，更会缺少真正的乐趣。

这个世界上很多流芳百世的歌曲或者文学作品，都是创作者在失恋的情况下创作出来的，因为失去的痛楚引起了无数人的共鸣，穿透了时间的阻隔，跨越了语言的局限。每个人的心底也许都有一道别人看不见的伤口，大晚上睡不着刷微博的人那么多，矫情地在朋友圈里落泪的人那么多，其实我们并不是不会爱，而是再厉害的情场高手，一旦真的爱上，也会方寸大乱，轻易就被一个新手乱棍攻破。

如果爱，用力爱，情感就是用来抒发的。

如果纠结，不要急着解决，也许等等就好。

如果受伤，把这份感觉牢牢记下来，化为你对自己的思考，你会因为这道伤口而成长得更加耀眼漂亮。

加油，当你觉得孤独或者辛苦的时候，别忘了我还在微博上等你。

Café
CAFE DE FLO

STORY

这世界，缺你不可

世界那么大，让我遇见你

你要相信，世界那么大，
如果有人对你的爱不屑一顾，
那肯定也会有人将你的爱小心珍藏。

夏凡又做梦了。

今天的梦比昨天的更加清晰。她骑着自行车穿过一条条熟悉又陌生的街道，早上的风很凉快，街上静悄悄的。她在路上碰到了和她打招呼的遛狗的外国大妈，还有向她热情招手的看报纸的老头。她在街边一家面包店停了下来，面包店里香气四溢，如此真切的味道让她快要忘了自己是在梦里。夏凡毫无新意地拿起一份牛角面包去结账，面包店里的金发女收银员跟夏凡说了两句话，还眨巴了一下眼睛，夏凡没听懂，也没说话。但金发收银员仍然自顾自地说着，愉快地打包面包，然后递给夏凡，夏凡想说句“Thank you”，可是始终听不到自己的声音。

接着她又骑上自行车，自行车一路向前，她熟练地抄小路，这条路在她的梦里出现了很多次，但每一次都有点不一样。夏凡还是看不出这是什么地方，唯一能判断的就是这不是在中国，因为行人大多数都是金发碧眼。她匆匆瞥了一眼经过的路牌，上面都是英文。

终于到了，夏凡心里想。自行车照例在一家书店门口停了下来。她其实想继续往前骑一段，但她根本控制不了梦境中的自己。她把自行车放在一旁，利索地推开店门。书店看起来有些年代了，两排书架顺着视野一路延伸到底，两边是可以直接走上去的旋转楼梯。书店的二楼随意摆放着几张木制桌凳，让人有种莫名的舒适感。

书店已经旧了，却透着一种格调。

“嘿，Thomas。”一个黑人从柜台后面跟夏凡打了个招呼。

嗯，这段时间的梦里，所有人都管她叫Thomas。

“Why do you left so early last night?（你昨天晚上为什么那么早就离开了？）”黑人接着问。夏凡依然听不懂，但是过了几秒之后，黑人似乎得到了回应，然后摆出一副很夸张的表情说：“I knew it! I knew you would say so!（我知道！我知道你会那么说！）”

夏凡听不到自己的声音，但对话还是在进行。

“Stop talking about your stupid dreams!（不要再说你那些愚蠢的梦了！）”黑人一边摇头，一边俯下身子整理柜台下面的东西。

过了一阵子，黑人又抬起头说：“What? You want to go to China? Dont be silly！（什么？你想去中国？别傻了！）”这回夏凡终于听懂了“中国”这个单词。

夏凡很努力地想张嘴说话，但始终一个字也吐不出来，她越来越着急。她用尽力气，冲着黑人喊：“Who are you?（你是谁？）”

这个时候，黑人突然睁大了眼睛，四处的光线突然变暗，然后越来越暗，越来越暗，画面逐渐模糊，直至消失。

夏凡被弟弟摇醒了，她隐约看到自己房间的天花板。

“姐，你别喊了行不行？我明天还要上班呢！”

她看到一旁睡眼惺忪的夏立，嘟囔道：“我没想要吵你啊。”

“又是那个梦吗？”

夏凡怕弟弟又带她去见心理医生，于是说：“不是，这次我梦到小时候上英语课。”

“姐，你别骗我了。”

“真的，老师叫我起来回答问题，我就站起来回答了。”

“真的？”

“真的，我还梦到我不知道该怎么回答，你还在旁边教我呢。”

“如果是那个外国梦，我们明天就再去找一次李医生好吗，他说了，只要……”

“夏立，现在是不是姐说什么你都不信了？”

夏立沉默了，然后盖上被子转过身。

夏凡内疚地看着弟弟的背，却不敢再睡着了。

夏凡会梦到这些相似却又都不一样的场景是从一个月前开始的。

那天是她和男友卓为在一起的周年纪念日，晚上的时候，在男友开的餐厅里，弟弟夏立还有几个夏凡最好的朋友和他们一起庆祝。

吃完饭以后，蛋糕被服务员端了上来，夏凡满心欢喜，却看到蛋糕上面用巧克力酱写着“卓为是人渣”。

她刚反应过来想要抬头问的时候，服务员把整个蛋糕都往卓为身上砸了过去，卓为反应很快，在最后时刻闪开了，蛋糕砸在了凳子上，弄了一地。

卓为劈腿了，在夏凡一手投资给他开起来的餐厅里，和一个餐厅服务员好上了。在她最亲近的家人和朋友面前，她以这种出乎意料的方式得知他劈腿了。

从那天开始，夏凡每晚都是哭到累了才睡着的。

然后这些稀里糊涂的梦境就开始了。

骑着自行车去书店工作是她梦里出现得最多的场景，偶尔她会去公园里面跑步，去吃很多人排队去买的龙虾三明治，去看她根本看不懂的橄榄球比赛，而且总是有人和她说话，这些人似乎是跟她熟识多年的朋友。

她没有办法控制自己的梦，这是最让她沮丧的事情。她上网查了很多资料，做了各种各样的尝试，还是没有办法搞清楚这一切的原因。

她做梦的时候，就好像自己的灵魂附在了另外一个人的身体里，而那个人叫Thomas。

梦境开始的第一个星期，她告诉夏立这一切的时候，夏立以为姐姐是失恋伤心过度而得了什么精神疾病，慌慌张张地说要搬回来和姐姐一起住，还固执地要求要像小时候一样，两个人睡在一起。夏凡知道，弟弟只是在关心自己。

但夏凡在不知不觉中渐渐喜欢上了这些让她摸不着头脑的梦，夜晚是最容易让人无助的时候，但失恋的她，竟然在一个个梦境中，慢慢地被治愈了。

昨天晚上夏凡睡得比往常要早，醒来的时候感觉头又沉又痛，她摸黑慢慢地起了床，发现弟弟已经不在床上了，应该是去上班了吧。她一路摸到浴室门边，却怎么也摸不到灯的开关，好不容易开了灯，她揉了揉眼睛，然后看到了镜子里蓝色眼睛、金色头发的男人。

她被吓到了，失声尖叫，却听不到自己的声音。

镜子里的男人继续揉着眼睛，俯下身打开水龙头洗脸。

她这才意识到，自己又是在梦里。

而镜子里那个外国男人，应该就是Thomas。

后来的梦境和平时的一样，起床，骑自行车，买早餐，去书店。

夏凡真正醒来的时候，心扑通扑通地跳个不停。

她害怕，却又兴奋，因为梦境的清晰让她觉得里面的人真的是存在的，如果这一切是真的，那就太不可思议了。

而事情有新的进展是在她看了一条热门微博之后，微博里是这样写的："这是纽约一家二手书店，挑高的天花板，旋转楼梯，所有内饰都是木头做的。最特别的一点是，这家书店的所有图书和音像制品都来自于捐赠，而书店的全部利润都用于慈善事业，就连工作人员也全是义工。好的，现在问题是：哪张照片里有我？"

她点进这个叫吴大伟的人的微博，点开大图，然后她激动得快要跳起来了，这家书店就是出现在她的梦里一个多月的书店。

她决定去纽约。

夏立说要陪她一起，她死活不肯。她办签证、查资料，忙东忙西地做着准备。

她固执地相信自己梦里的人真的存在于地球的另一端，而她要做的，就是先踏出一步，找到他。

她坐着飞机跨越太平洋，在飞机上足足昏睡了八个小时，这一次是她头一回无梦。

到达纽约的时候天刚微微亮，她顾不得去酒店放下行李，直接把自己早早准备好的写着地址的字条递给出租车司机。

距离越近，她的心情越是紧张。

出租车经过了曼哈顿大桥，太阳升起了一点点，在东河尽头发着金色的光。

这时还是清晨，街道上没什么人。虽然是世界上最繁华的都市，在这个时候却散发着静谧的气息。

终于到了，她隔着车窗看着街道旁边的书店大门。

她拿着司机找给她的钱，来不及细数就下了车。

天已经全亮了，阳光和煦，洒在街道上，一切都罩上了一层毛茸茸的金黄色。

她拉着行李，一步步地走向这个熟悉得不能再熟悉的书店。

“瞎凡？”背后突然有人喊住她。

她转身，镜子里面那个蓝眼睛的男人推着自行车看着她。

“是夏凡。”她说，然后笑了出来。

不是每个人都能在失恋后在梦里遇上一个Thomas，但你要相信，世界那么大，如果有人对你的爱不屑一顾，那肯定也会有人将你的爱小心珍藏。

扫扫二维码，即可领取吴大给独一无二的
你精心准备的礼物。:)

不　要　怕

TALKS

人生那么长，总有些事情，要倾注爱

真正喜欢的事情值得你用一生的时间去寻找和验证。

喜欢是感性的，是不计较付出的，是你无论花多少时间都觉得值得的。喜欢一个人是这样，喜欢做一件事情也是这样。

喜欢和擅长是两回事，我可能擅长学语言，总是能够很快体会语境、运用语法，但这不代表我真的喜欢这门语言。

我觉得目前我最喜欢的事情，是写作。

在微博上，大家记得的我的形象，可能是好哥哥，可能是创业黑马，可能是品牌创始人，但从来没有人把我和写作联系到一块儿。

但我确实喜欢。

我在写作的时候能够正视自己心里的想法。我是个天生就喜欢倾诉的人。我记忆力很好，朋友醉酒后的一句话、妈妈无意的一句嘟囔、沛沛听睡前故事时的一个疑问，都藏在我脑子的角落里。如果不是写作，我都不知道原来生活中有这么多美好的片段。当我静下心来对着发光的屏幕时，这些曾经的想法纷纷掉落在我的眼前，在键盘的敲打中一个字一个字地显示出来。

这是我从未有过的成就感。

最重要的是，这些故事、这些话，都是我想告诉你的。

我用这种方式和你聊天，告诉你，其实我是这样的。

验证我喜欢写作这件事情，我花了23年的时间。以前的作文课我总是第一个把作文写完，然后等着老师把我的文章当作范文阅读，但那个时候我以为我只是擅长语文这门学科。

做品牌遇到困扰的很多个睡不着的深夜，我爬起来，屋子里一片漆黑，只有白色干净的Word文档，还有一闪一闪的图标，然后我就开始了。我所遇到的这些困难，我的不解、我的困惑、我给自己的鼓励、我对自己的期待，全部倾倒在这个小小的11英寸的电脑屏幕上，但那个时候我以为我只是在发泄自己创业时的苦痛。

而直到今天，我回顾这些年，发现原来我一直没有放弃用书写的方式记录下我的心情，这种感觉很奇妙。

当我所有的想法都变成一篇篇文字时，我觉得每一篇都像是个老朋友，它们代表了我曾经的挣扎、曾经的纠结、曾经的伤痛。而它们陪着我一路走来，让我变成了现在的我。

我希望你们也能找到自己喜欢的事，就算找不到，也要找到自己相对喜欢、做起来没有压力的事情。你总会找到的，不用心急。

人生那么长，总有些事情，要倾注爱。

遗忘蛋糕店

遗忘一个人是一件严肃的事情，
因为只有真正在爱里受了伤，
才会想要把这个人彻底忘记。

STORY

这世界，缺你不可

这是一家出售遗忘蛋糕的甜品店。22世纪，人们对大脑记忆体的改造取得了历史性的进步，人类可以选择性地对自己的记忆进行删减、增加，甚至修改。

但法律严令禁止增加记忆和修改记忆，因为这两项技术一旦被广泛运用，被犯罪分子利用的概率会很高。而记忆删减也只运用于部分行业，并且对使用方法和规则有着严格的规定。

遗忘蛋糕让记忆删减技术首次面向普罗大众。

很多网络红人在社交软件上炫耀自己参加了遗忘蛋糕的发布会，有个大号直接称这款蛋糕为“失恋蛋糕”。

因为在吃遗忘蛋糕的时候，你只要心里一直想着一个人的模样和名字，你就能够在吃完蛋糕以后，将这个人和关于这个人的所有回忆彻底忘记。

另一个美女网红在晒遗忘蛋糕的外包装，上面写着：“你真的决定永远忘记这个人了吗？”足够煽情，也足够危言耸听。

遗忘蛋糕的发布会上，创始人张乔慷慨激昂地说：“我身边有太多太多被爱所伤的人，放不下，困惑，纠结，挣扎，自我怀疑。你是否想过，会让你如此痛苦的人，根本就是错的人？既然是错的人，为什么还要让他留在你的记忆里，让他继续折磨你？对失恋的人来说，每一个曾经的甜蜜画面都是在提醒你，你已经无法再拥有这个人了。相濡以沫，不如相忘于江湖。”

台下掌声雷动。

遗忘蛋糕1.0推出之后，采用了预约的方式，只对成年人开放，并且设立了专门的遗忘会馆，预约来吃蛋糕的人可以把与想要忘掉的人有关的所有物件一并带到遗忘会馆，这样离开的时候就能够真正开始新生活。

遗忘会馆会不定时展出这些想要被遗忘的物件，有项链，有戒指，有笔记本，有牙刷，有衣服，甚至有些是一首歌或者一部电影，每一件物品似乎都承载着无数的回忆，但这已经毫无意义。

当然，也有遗忘不成功的人。有的人在吃蛋糕的时候不自觉地想到了两个人，蛋糕就会失效。这也是张乔的设计，遗忘一个人是一件严肃的事情，因为只有真正在爱里受了伤，才会想要把这个人彻底忘记。

张晓晓上高二，她交往了六个月的男朋友Lick昨天和她提了分手，说厌倦了她一直那么骄纵、丝毫不为别人考虑的坏毛病。

她在他家楼下站了整个晚上都没等到人下来，她坐在路灯下，把头埋进手臂哭了起来。

她想起Lick给她认真讲解数学题时的样子，其实题她都会做，她只是想听他再说一次。

她想起Lick跑4×100米接力的最后一棒，当他最后冲刺拿到第一的时候，他穿过那些在终点等他的女生，径直走向晓晓，接过她手上的水。

她想起Lick省吃俭用了整整一个月，就是为了帮她买一顶最新的游戏头盔。

她想起Lick甜蜜地搂着她经过遗忘会馆，不屑一顾地说这只是自欺欺人……

遗忘会馆，遗忘蛋糕。

张晓晓似乎想到了什么。

来到遗忘会馆，她又有点胆怯了。但想到Lick提分手时绝情的样子，她又重新狠下心，如果他能忘了她，那她也能忘了他。

她走进遗忘会馆，在预约处按了指纹之后，机器显示她未成年，不具备预约资格。

她又垂头丧气起来，其实她之前就跟她爸说过想试试这种神奇的遗忘蛋糕，但被她爸严令禁止。

这个时候，附近一个戴着鸭舌帽的女生走了过来，她朝晓晓咧嘴一笑："不够年纪是吧？"

晓晓点点头。

"我用我的指纹帮你预约，但你要付我50%的费用。"

"没问题。"晓晓痛快地答应了。

晓晓被工作人员带到一个纯白的房间，房间里面放着纯白的桌子和椅子，墙壁上投影着一句话："你真的决定永远忘记这个人了吗？"

她坐下之后，工作人员端来一份奶油蛋糕放在桌上，放下餐具和说明书就离开了。

她又想起了她爸，要是他知道她混进来吃蛋糕，不知道会有什么反应。

说明很简单：蛋糕很美味，享受忘记痛苦的快乐吧。

她拿起叉子，犹豫一会儿之后，往嘴巴里送了一口蛋糕。

然后她的脑海里开始浮现出Lick的脸，他的笑，他微微蹙着眉向她靠近的样子。

第二口，奶油一下子充满了口腔，晓晓不自觉地落泪了。她回想起自己有一次中暑晕倒在操场，醒来的时候Lick在校医室里抓着她的手，脸都吓白了。

第三口，甜腻的蛋糕顺着喉咙往下咽。她想起自己有次捉弄Lick，在他的衣服上粘上写着“我是张晓晓的男朋友”的字条，结果被Lick发现，他一点也不生气。他让她看看自己背后，她撕下字条一看，上面写着“我是Lick的老婆”。

第四口……

这个时候门突然开了，一堆人急匆匆地走了进来，晓晓看到张乔，又害怕又委屈地叫了一声“爸”，然后失声痛哭起来。

“张总，如果知道是您女儿，我们肯定一开始就……”身边的工作人员急忙解释。

“女儿，我们回家吧。”张乔平静地对晓晓说。

“可是我忘不了他啊……”晓晓一边抽泣一边说，“爸，你发明这个东西出来不就是为了让我们快乐一点吗？”

“傻女儿。”张乔俯下身，“你忘不了的。”他低声说。

“为什么？”晓晓问。

“就算你现在吃完这块蛋糕，彻底忘了他，等你重新遇到他，你还是会喜欢上他的，”张乔认真地看着晓晓，“如果那么容易遗忘，就不是爱情了。”他又垂下眼，“你妈离开这么久，我无论做了多少研究和尝试，始终还是忘不了，因为每次看到你，我都会想起她……”

戴鸭舌帽的那个女生用针孔摄像头把这个画面录了下来，并直播到了电视台。

第二天，遗忘蛋糕股价暴跌，会馆门口堵满了要求退钱的顾客和要求采访的媒体。

失恋很痛苦，这我承认，但为什么一定要遗忘呢？他伤害了你，同样也让你学到了很多。每一道曾经的伤口，都会是你往后生命里美好的印记。

忘不了的那一切，时间会让你释怀的，爱情也许终会消散，但这就是回忆存在的美好。

但愿你不用忘也能好。

TALKS

再见小时候

那个时候我和爸妈住在哈尔滨。

哈尔滨好像很流行骑单车，过马路的时候可以看到成群结队的单车。

当时念的小学和家只隔了一条马路。

每天我妈都会让我在家里吃了早饭，然后把我送到学校。

学校生活其实也没什么，除了老师粗鲁一点，偶尔还会打打学生之外，也没什么好说的。

同学家里都买了Game Boy[①] 还是小霸王什么的，总之就是可以玩超级玛丽还有一个坦克游戏的游戏机。我最喜欢玩的就是坦克游戏，这个游戏是两个人对打，各自要保护好自己大本营里面的坦克Boss不被对方的坦克炸掉，如果坦克炸开砖头得到奖品，还可以有10秒钟变得无坚不摧，那时就是攻击对方大本营的最佳时刻。

我和我妈经常吃了饭就开始对打，我总是玩不过我妈，她教了我很多诀窍，但我就是学不会。

通常差不多到点了，我们就会调回电视频道看古天乐版的《神雕侠侣》。另外我很喜欢看的是《新白娘子传奇》，当时觉得里面的特效简直酷到让人欲罢不能，觉得赵雅芝会是自己一辈子的女神。

看起来平和的生活，也隐隐约约有一些不对劲的地方。

有时候会看到妈妈关着房门看电视，电视里一直有抽泣的声音，后来我才知道，那不是电视的声音，是妈妈躲在房间里和外婆打电话的声音。

有一次放学回到家，看到有人来修电视机，妈妈坐在沙发上发

①任天堂公司在1989年发售的第一代便携式游戏机。

呆，头发乱乱的，也不说话。

直到后来有一天，我回到家的时候，看到客厅的玻璃柜摔碎了，妈妈红着眼睛一个人蹲在地上清理满地的玻璃碴儿，我害怕得一句话也说不出，只会抱着我妈哭。

我虽然还小，但也隐隐约约地知道这些隐隐约约代表着什么。

妈妈离开的前一晚，爸爸已经一个星期没回家了。吃完饭我和妈妈照例开游戏机玩坦克游戏，玩了一会儿之后妈妈突然按了暂停，然后跟我说："今晚以后我们就不能一起玩了，以后你要写完作业才能玩，知道吗？"

当时的我有点急躁，因为这个坦克游戏是很紧凑的，每一秒都很重要，我想都没想就说："好啊，好啊。"然后妈妈重新按了开始，我就赶紧争分夺秒地去攻我妈的坦克大本营。

六岁的时候真的不懂什么叫好好告别。

以为只要放学回家，爸妈就会在家里做好热腾腾的饭菜等你。

以为只要好好完成考试，周末爸妈就会带你出去玩，去吃大餐。

以为只要乖乖听爸妈的话，一家人就能永远幸福快乐地生活在一起。

后面几天我都没见到妈妈，每天放学后爸爸就带我去外面的面馆吃饭，然后回家。

再后来有一天我正在上课，爸爸突然出现在教室门口，提着一个大大的行李箱。

我被他送到了一个离家不远的舞蹈老师家里。

进了老师的家门，她就马上拿零食和水果出来给我吃。

我看到客厅里的变形金刚，马上着了迷似的摆弄起来，零食和玩具瞬间收买了我。

我一点也没意识到，这家里的玩具意味着有一个同龄人存在；我也没有意识到，等会儿爸爸就会离开，而我接下来的日子就要住在这个家里了。

我想我当时要是稍微挣扎哭闹一下，爸爸都不会走得那么心安理得。

舞蹈老师有一个比我大一岁的儿子，到了晚上，这个家真正的小主人回家了。

他回来一看到我在玩他的玩具就马上露出不开心的表情，然后坐下来大闹：“你干吗动我的变形金刚？”

我愣着没说话，就听到舞蹈老师走过来跟她儿子亲切地说了一句：“帆帆，你要让着弟弟知道吗？”她一边说，一边居然把我手中的变形金刚抽了出来，然后牵着帆帆的手走回了房间，留下我一个人在客厅里。

回想起那段时间，我觉得舞蹈老师一家人待我还是不错的，很多时候都会把我当作自己的小孩看待，只是偶尔有客人来的时候，舞蹈老师总是以不大不小的音量说：“这孩子啊，爸妈都不管了，就送到我这儿来了，我这个人哪，就是好心……”

要不是我和他儿子打架，我相信我还会在她家住上好一段日子。

因为我爸隔两个星期也会来看我一次，我没有玩具也总跟他念叨，所以他就给我带来了一套新出的变形金刚，那是帆帆没有的。谁知道我爸一走，他就从我手里抢过去玩。我心想平时你的玩具都不给我玩，我玩的都是你玩剩下的，我好不容易有了个最新的，你居然还抢！我马上就站起来掰他的手指，谁知道他居然张嘴就想咬我，我就伸手用力推了他一把。

帆帆往后绊了一下，撞到了后面的书柜上，上面舞蹈老师的玻璃奖杯摔了下来，哗啦啦碎了。

我们俩都吓呆了。

帆帆马上就哭了，然后松手把玩具扔在了地上，我连忙捡起来抱在怀里。

舞蹈老师闻声过来的时候看到奖杯碎了一地。我见情形不对，马上说："是帆帆抢我的玩具！"

谁知道她不由分说就推了我一把："你这孩子到底还有没有人教了？"

我只记得这句话，别的我都不记得。

我心里的小小宇宙爆发了，我冲上去狠狠地捶舞蹈老师的肚子，一边捶一边龇牙咧嘴地哭。

帆帆也冲了过来，使劲地捶打我的后背，一边打一边喊：“你别欺负我妈妈！”

听起来好像是我在欺负他们一家似的。

舞蹈老师很轻易地把我拎了起来，关进了厕所。

这次大闹之后，隔天我爸就被叫了过来，因为把舞蹈老师的奖杯摔碎了，我爸一直跟他们道歉赔不是，我还记得舞蹈老师的那句话：“这孩子我真管不了，你让他亲妈教去吧。”

回到家之后我被我爸狠狠地打了一顿。

那天晚上我哭得发起了高烧，我是真觉得委屈。

成长都有苦痛的一面。你脆弱，你敏感，你不知道下一步应该怎么走，不知道到底应该相信别人还是坚持自己，到底要继续前进还是放弃。似乎每一个阶段，都面临着千纠万结的挣扎。但回头看，正是这些生命里不太美好的过往，成就了现在执着向前的你。

听我的，接下来你要做的，就是低头把路看清，好好走下去。

STOP
Parador

被卡住的方脸猫

很多时候，我们就像一只方脸猫，被这个世界既定的规则卡住，被大众的眼光卡住，被流言蜚语卡住。

STORY

这世界，缺你不可

有一只方脸猫叫阿哲。

哦，不，应该反过来说，阿哲是一只方脸猫。

他从出生开始，脸就是方形的，父母看着觉得奇怪，想着是不是多捏捏就会变成圆的了。于是他们绞尽脑汁地帮阿哲按摩，但是无论怎么努力，阿哲还是一只方脸猫。

阿哲慢慢地长大了，他和其他所有的猫都长得不一样。

虽然猫和猫之间也有种族差异，但他们见到阿哲，会很一致地对他不屑一顾。

“真不知道是怎么长的，不知道圆脸的才是美猫吗？”一只布偶猫嘲笑他。

“长得怪就不应该整天出来溜达。”波斯猫懒洋洋地说了一句。

“方方正正的，就不怕被卡住吗？”短毛猫仿佛意见领袖似的说了一句，然后其他猫就跟着笑了起来。

阿哲曾经因为这个深深地自卑过。

他对着镜子，摸着自己方方正正的脸，然后拼命地用手捶打，直到脸变得又红又肿，可还是无济于事。他哭了，他就是一只方脸猫，这是改变不了的事实。

在学校里，没有猫愿意和这只方脸猫做朋友，生怕别的猫觉得自己也是异类，连老师也对阿哲有避讳。每次阿哲跑上前去想要问问题的时候，老师都会皱皱眉说这个下节课会教，不用这么早去考虑，然后就匆匆离开了。

阿哲觉得好孤独。

他一只猫吃饭，一只猫放学，一只猫逛书店，一只猫练习一只猫。

但还好，阿哲的父母从来都没有嫌弃过他。

他们知道自己的儿子不一样，但这又有什么大不了？和大家一样做一只圆脸猫，不也没什么意思吗？

到了阿哲上大学的年纪，他要到另一个地方开始新的生活了。

他的爸妈送他上火车的时候，阿哲妈妈忍不住哭了。阿哲爸爸则很冷静，临走前，爸爸留下一句话：“阿哲，不要害怕和别的猫不一样，这才是你最特别的样子。你要让别人记住，阿哲你就是一只方脸猫。”

阿哲点点头，他也害怕，但是因为害怕，他又觉得充满了勇气。

大学里有来自全国各地的猫，他们都长得不一样，也都有自己的个性，但对于猫界来说，方脸猫还是一个很奇怪的存在。

阿哲依然没有什么朋友，倒也不是说大家排挤他，是他习惯了独处。一只猫也没什么不好啊，这样能够拥有更多思考的时间，也能做很多别人没有时间做的事情。

阿哲喜欢上了烹饪。

对猫来说，实在是很难用爪子去抓住锅铲炒菜，所以烹饪课没有什么猫报名，大多数的猫都是选声乐或者舞蹈这样优雅的选修课。再说了，猫们都明白，只要歌唱得好、舞跳得好，自然会有人给他们好吃的，学烹饪根本是浪费时间。

虽然一起上课的只有两三只猫，但阿哲还是学得很快乐。

也是在上烹饪课的时候，他认识了乐乐。

乐乐是学校里有名的折耳猫。她漂亮独特，身边总是有很多朋友，她就是猫群中特别耀眼的那种类型。

乐乐也喜欢烹饪，她说自己曾经在外婆家里吃过这个世界上最好吃的吞拿鱼，那绝对不是鱼罐头可以有的美味。所以她立志要学会做吞拿鱼，然后做给身边的猫吃。

阿哲觉得乐乐的话很暖。

但烹饪课的进度很慢，他们首先要学的，就是抓住锅铲，这对用猫爪的他们来说，足够花上好几个星期的时间。

“这样下去，我们什么时候才可以学会做吞拿鱼啊？”乐乐气馁地说。

“这是第一步啊。”阿哲说，“要想学会做吞拿鱼，就要从这里开始。”他一脸坚定的样子，“慢慢来，会更快。”

乐乐听完若有所思地点点头，她觉得阿哲说的话很有道理。

她用力地握紧锅铲，一秒钟之后，锅铲还是咣当一声掉到了地上。

阿哲和乐乐成了很好的朋友，他们一起去食堂，一起去图书馆，一起去学校的夜市吃小吃。

原来乐乐的家庭并不美满，她的爸爸妈妈在她三岁的时候就分开了，他们分别和其他猫开始了新的生活，她从小就和外婆住在一起。外婆不是特别慈祥顾家的猫，总是忙着自己的事情。

所以童年时的乐乐一直都感觉很孤独，直到上学之后，她开始拼命地交朋友，去引起其他猫的注意，让自己变成猫群的中心，这样身边就总是有猫围绕着她，她以为这样就不会孤独了。

但实际上，当她生病或者心情不好的时候，没几只猫愿意关心她，充其量就是表面上说两句：“你太可怜了。”大家都只喜欢她闪闪发光的样子。

但认识阿哲之后，她发现这只方脸猫和别的猫不一样。

她在没有自信的时候，阿哲就会跳出来告诉她："无论黑猫白猫，有自信的猫，就是好猫。"乐乐听了哈哈大笑，明明就是"能抓到老鼠的猫，就是好猫"啊。她知道阿哲是为了让她振作起来。

乐乐的数学不太好，期末考试前，阿哲就熬夜陪乐乐做习题。其他猫都不在乎期末考试，图书馆里就只有阿哲和乐乐两只猫，他们讲着讲着习题就趴在桌上睡着了。

在一次运动会的时候，乐乐的手被意外划伤了，阿哲看到后奋不顾身地冲上去，把看热闹的猫都隔开。虽然是在众目睽睽之下，但他顾不了那么多了，他舔舐乐乐的伤口，然后为她做一些简单的包扎。

这次事件之后，传言四起，大家都说乐乐和那只方脸猫在一起了。猫的八卦传得比人还快，以前和乐乐一起玩的朋友都以各种理由远离乐乐，但乐乐不在意，她喜欢阿哲，既然喜欢，其他的又有什么要紧呢?

但阿哲不这么想，他觉得不安，他知道孤独的滋味，他不想让乐乐和他一起承受这种孤独，她值得更耀眼的生活。

直到学校论坛里贴出了运动会上的照片，阿哲的室友开始调侃他，问他是怎么泡到乐乐的，他爆发了。

他删除了乐乐的联系方式，不再回复她的信息，甚至每次看到她就假装不认识地走开。

乐乐好几次在阿哲的宿舍楼下等他，却总是等不到。她也试着给他写了好多信，可是阿哲一封都没有回。

阿哲为了彻底离开乐乐，连烹饪课都不去上了。

乐乐终于消失在了阿哲的生活里，变回了原来那个身边有很多朋友围绕的漂亮猫。阿哲在角落里看着她很受欢迎的样子，感觉安心了。

大二的时候，阿哲班上来了一个交换生。

辅导员在向全班同学介绍新来的同学的时候，阿哲在低头看书，他听到身边议论的声音越来越大，抬头一看，交换生竟然也是一只方脸猫。

他马上被她吸引了，他看到身边的猫窃窃私语，眼神在他和交换生之间看来看去。

他觉得自己真正找到了同类。

下课后，他走近交换生的桌子，伸出手，说："你好，我是阿哲。"交换生抬起头看了他一眼，然后话也没说，起身走了。

阿哲急急忙忙追了上去，叫住交换生："你怎么不理我？"

"我为什么要理你？"

"因为我们都是方脸猫啊！"阿哲越说声音越小。

"所以呢？"交换生问。

"我们是同类啊。"

"因为都是方脸猫，所以就是同类？谁允许你按照方脸圆脸把猫分类的？"交换生嗤笑了一声，转身走了。

阿哲站在原地，怔住了。

是啊，他一直觉得，是别人的偏见让他变得不一样。

但实际上，是他自己给自己划定了界限，他一直想摆脱这个世界上的有色眼镜、既定的规则，但自己却深深地陷在这些规则里。

方脸还是圆脸，有那么重要吗？

他转身跑了起来，他要去找乐乐。

很多时候，我们就像一只方脸猫，被这个世界既定的规则卡住，被大众的眼光卡住，被流言蜚语卡住。

到底要不要改变？要不要妥协？

我们开始质疑自己，变得不坚定，变得不自信。

我们都经历过这样的迷惘，幸运的是，这样的迷惘也让我们更加清醒地认识自己。

这个世界其实没有所谓的规则。只要你是在做自己，并且坚持下去，是不是方脸猫，就不重要。

世界本无完美，接受自己的不一样，也接受这个世界的不一样。

你要制定的，是你自己的规则。

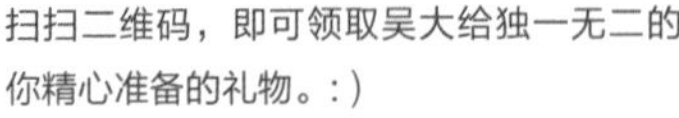

做 你 自 己

TALKS

与其迎合别人，不如花时间塑造自己

在我初中体重150斤的那段时间里，有件事情给我留下了非常深刻的印象。

我和班里一个长得挺白净的男孩在课间起了争执，两个人推推搡搡，打翻了放在课室最前面的白色大垃圾桶，塑料泡沫和零食包装袋哗啦啦撒了一地。

没想到这个时候，班主任刚好从课室外面经过。那个男生先抓住发言机会，他真不愧是语文科代表，说得所有的动机都在我身上，我主动骂他，我先动手。

老师不问是非，狠狠地教训了我一顿。当我要张嘴辩解的时候，上课铃声响了起来。她指着我的鼻子冲我喊，让我在任课老师来之前把垃圾清理干净，不然就不用上课了。

我放弃了解释，因为解释没有用。

一个是学习成绩一般般的四眼胖子，一个是纤瘦白净的优等生，换成我是老师，我也会觉得肯定是这个傻胖子惹的祸。

最后我心里憋着委屈，在全班同学的注视下，一点点地把垃圾全部收回垃圾桶里，还写了五百字的检讨。

其实，一开始是那个男生站在讲台上把我跟班里一个不怎么说话的孤僻女生配对，他想把我们的名字写在黑板上的时候我跑上去抢了他的粉笔。

除此之外，一个四眼小胖的生活大概是这样的：想要加入班里好玩耀眼的集体，但永远被排斥在外；班级私底下聚会也不会有人约你；电话簿里面的联系人，按两下就会翻到最后一页；想和喜欢的人搭话，那个人也显得无比遥远，就算她只是坐在你旁边的旁边。

这种觉得自己很不重要的感觉，真的很糟糕。

但真正让我发生转变的，大概还是那个女生吧。

她是我们班的英语科代表，每星期她都会和讨人厌的语文科代表轮流带读，那个时候大家都说他们两个是班对，但我看得出来，她才不会看上那样子的男生。

全班同学里面，也只有她对我和对其他人一样。她出去旅游，带回来的礼物也会有我一份；她来找我收作业的时候，不会像其他科代表那样凶巴巴的。如果我赶不及做了，她会抽出自己的，让我赶紧抄了交给她。甚至那天我被老师罚完之后，她走过来安慰我说，她一点也瞧不起那个男生。不知道为什么，我觉得她和别人真的不一样。

也就是在那个时候，我突然鼓起勇气，想要改变自己，想要证明自己也可以被珍惜、被重视、被喜欢，我想和那些看起来闪闪发光的人一样。我觉得我可以。

我想和英语科代表做好朋友，即使那时的我还配不上。

从那一天开始，我下定决心改变自己。

当时毕竟还只是一个初中生，也不敢明目张胆地跟家里人表达自己想要减肥的想法。在家人眼中，无论你是臣刚还是彦祖，他们都觉得你肉肉的就是最好的。

所以我最开始的做法就是跑步，每天都到楼下，绕着江边跑，一定要跑到全身湿透才可以回家。那段时间每天回家的时候，我看起来都像在外面淋了一场倾盆大雨一样。

也是从下定决心减肥开始，我再也没有吃过任何零食，吃饭前我都要吃两个大苹果，喝两大碗汤，把肚子填上一部分，然后吃饭的时候自然就吃得少很多了。

晚上也会有饿得不行的时候，我就喝点八宝粥，然后吃苹果，以至于后来我看到苹果就会本能地皱眉。

瘦下来真的就这么简单吗？的确如此。但这期间会出现很多很多的诱惑，家人的周末大餐，身边的人大吃大喝；躺在沙发上就陷在里面出不来了，等等。但减肥最重要的其实并不是少吃，而是多动，所以只要每天坚持跑步，记住，一定要坚持，一个月后，你就会看到改变。

很多人问那我是怎么坚持下来的，而且坚持了半年之久。我现在回想起来，觉得寂寞与动力是很重要的东西。

当我是个四眼小胖的时候，没什么朋友，聚会没人叫我，所以我有很多很多时间，我把所有的热情和动力都专注在一件事情上。直到现在我都要求自己，一定要有属于自己的时间，无论是恋爱，还是跟很多朋友交际的时候，我每天都要留一点时间给自己。这就是很多书里面说的，与其迎合别人，不如花时间塑造自己，在你自己一点点变化的时候，那些你想要的，自然会一点点地向你靠近。

而我的动力，就是我们班的英语科代表。

半年后，刚好是初中升高中的暑假，一次班级聚会，班长叫上了所有的同学一起去唱歌。

那个时候，我穿的衣服已经从L号变成了S号。

聚会的前一天，我妈给我买了一件白色衬衫，试穿的时候，她一直在旁边小声嘀咕，说我怎么少了这么多肉。我在服装店里，看着镜子里的自己，第一次发现自己还蛮好看的。

第二天的聚会，班里几乎所有的同学都来了。

那种变化很微妙，说不出来，大家都很热情地给我留了电话。男生搭着我的肩说以后要多出来聚聚，女生扎堆问我怎么几个月不见我就瘦了这么多，怎么办到的。我打着哈哈，我知道其实大家都不坏，态度的转变也只是因为大家天生都是“外貌协会”罢了。

但那次聚会上，我没有见到英语科代表，我问了她在班里最要好的同学，原来她中考后就去英国留学了。我表面上不敢表达什么，但心里还是有点失落，因为自己变化这么大，其实最想见到的人，就是她。

本来我以为我们会就此断了联系，但上了高中之后，因为一个偶然的机会，我找到了她的微博。

我承认，那天晚上我几乎兴奋得睡不着觉。虽然隔了那么久的时间，但我一看到她的头像，就会止不住地傻乐。

我一条一条地翻看着她的微博，她还是那么有趣、那么真性情。微博数量不多，我逐条点开看她和别人的互动，她的每一张照片我都保存了下来。直到我翻到其中一张，是她牵着一个男生的手的照片，微博内容大概是他们一起过纪念日。

嗯，其实也不意外，像她这么优秀的女生，一定有很多人追求吧。

我把页面关掉，打算睡觉，但过了一会儿之后，我又跳起来重新打开页面。

我在她第一条微博下面留了言："向我们远在大不列颠的初三二班英语科代表致敬。"

第二天我收到她的回复："吴大伟，居然是你！"

我看到的时候，又不自觉地傻乐了好一会儿。我在评论框里打了好多字，然后又删了好多字，打了又删，删了又打，最后一个字都没有发出去。

美好的东西，刚刚好就好了，对吧？

STORY

这世界，缺你不可

阿源的故事

相信我，继续向前走，你会找到那个值得你对他说“这世界，缺你不可”的人。

D O M
SVB INVNE B V MARIAE
IN COELVM ASSVMPTAE

阿源是我们公司的设计师，九五年的处女座，喜欢戴各式各样的帽子，很多女生说他长得像《*Running Man*》[1]里的李光洙，但我负责任地说，他本人要帅得多。

今天想讲的，就是阿源跟着我来北京前最刻骨铭心的一段恋情。

阿源除了是设计师外，还是一个很有想法的摄影师。他活跃于各种小众的社交平台，其中一个是现在慢慢开始流行起来的App，他属于这款App的第一批用户，也是在那上面，他认识了自己的前任女友。

当时在上面玩的人不多，活跃在上面的都是一些设计师、摄影

①韩国综艺节目。

师、画家，或者是喜欢装文艺的小青年。阿源和几个在上面比较火的用户私底下在微信里组建了一个群，他们同时也是这个App的图片审核师，所做的工作就是搜罗App上一些比较有趣的内容，然后推到首页上去。这个群里只有一个女生，叫又左。

如果光看她在这个App上发的照片，你会觉得这应该是一个内心极度阴郁的大叔。但又左的头像是一张她穿着短袖T恤和牛仔裤，留着齐肩短发，笑起来还露点小虎牙的照片。

这个世界，还是挺矛盾的。

群里的男生经常调戏又左，可是她每次都能在嘴上占上风，后来他们索性管她叫左哥。

那天晚上，阿源在广州一家很有名的甜品店吃杨枝甘露。他随手拍了一张照片，在平台上加了标签和滤镜就发了，然后又贱贱地把自己刚发的图片放上首页热门。推完之后阿源乐滋滋地等着别人给他点赞，结果他一刷热门，另一张不同角度的杨枝甘露也在热门上，不过滤镜是黑白的，作者是又左。阿源下意识地抬起头，和跟自己隔着两张桌子的又左四目相对。

阿源一下子就认出了她，而且第一反应是“我靠，这个女生长得好好看”。对看完，阿源马上低下头看着自己的杨枝甘露，然后又觉得好丢脸，因为自己明显是害羞了。

他还在思考要不要重新抬起头跟又左打个招呼的时候，左哥已经端着碗在他对面坐了下来。

“你是FINE上面那个邱源？你本人比照片帅啊。”左哥说话比阿源豪迈多了。

“哦，那当然。”阿源立马装出一副贱贱的样子，“我还一直以为你是男的，用的假头像呢，没想到真的是女生。”

“你去死！”她笑起来的时候眼睛弯弯的，露出一点点虎牙。

两个人因为杨枝甘露的热门照片认识了。

那天晚上他们一路沿着临江大道闲逛，吹着江边的风，两个人有一搭没一搭地聊着。聊摄影，聊群里的人，聊生活里的一切。又左的工作让阿源的嘴巴张成大大的“O”形，她居然是个幼儿园老师。

“真是了不得，现在幼儿园的小朋友已经知道什么是男女朋友了！”又左一边向阿源感叹，一边划拉着手机里小朋友的照片给阿源看。

“你上幼儿园的时候不知道吗？”阿源问她。

“不知道啊，你别说你四岁的时候就懂泡妞了啊。”

“没有，但我一般都懂得跑去牵老师的手。”

又左往阿源脑袋上一拍：“老师你也敢调戏？”

走到后来，江边的人越来越少，两边的商铺也都慢慢关门了，阿源问走到她家没有。

又左转了转眼睛："早就过了，我也没留意。"

阿源听到的当下心里是有点甜的。

但是他又不敢想太多，所以就招手拦了一辆出租车，然后陪又左一起上了车，送她到家的时候他说了句："赶紧休息吧，小朋友们明天还等着你呢。"

又左笑了笑，然后上了楼。

就在回家路上阿源琢磨着要怎么追又左的时候，他收到一条她的微信："你没有女朋友吧？"

阿源回了一句："没有。"

"那你没有男朋友吧？"

阿源回："有。"

又左发了一个："……"

阿源在车里傻傻地笑了，赶紧回了一句过去："这你也信？"

然后她发了一个抓狂的表情。

阿源说那个时候其实他不知道又左比他大六岁，不过就算知道，也没什么大不了的。

后来两个人真的在一起了。

他们俩一起去正佳广场溜冰，站在一堆培训班的小孩子中间，零溜冰经验的两个人像两只不断抖动的鸵鸟；他们一起去吉之岛超市买炸鸡，买完之后就坐在外面的即食区，戴着塑料手套，一点一点撕下鸡肉喂给对方，吃完之后又左通常会坚定地站起来，走进超市再买一只奥尔良烤全鸡；他们一起去江边骑双人单车，虽然是两人同时骑的单车，可是又左经常把脚抬起来偷懒，一脸幸福地看着骑得满身是汗的阿源，被阿源发现后两个人一起摔到地上……

后来群里的人，都管阿源叫左嫂。

年轻时候的恋爱，也许都是这么甜的吧，就像我们小时候，得到一颗糖后总是含在嘴里不舍得咬，但长大后反而吃了两口就觉得太腻想扔掉。

故事发生转折是在他们交往一个多月后。

又左说自己要回老家温州一趟，阿源也没多想，问她打算什么时候回来，又左说回去了再告诉他。

她回家后两个人还是像以前一样聊天、相互打趣，中间有一天又左去参加了一场婚礼。

她第一回在软件上面发了一张自己在化妆的自拍，下面一堆的留言都是在惊叹原来这个账号的主人真的是个女生。

几天后，阿源在电话里问她什么时候回广州，她沉默了一会儿，突然说了一句：“我们一起去厦门玩吧。”

阿源顿了顿，觉得不对劲，但还是耍贱：“住一间房还是两间房啊？”

“喂！”又左在电话那头吼了起来。

又左带了两个闺密一起去厦门见阿源，她们三个人一间房，阿源自己一间房，这是他第一次和又左这么长一段时间待在一起。

他们一起去海边散步，一起坐船去鼓浪屿住民宿，一起站在烧烤摊前流着口水等鱿鱼串，一起因为讨论路线而争执赌气。

阿源拍了好多好多她的照片，但只要是有又左入镜的，她一张都不准他发。

更夸张的是，有天晚上大家一起去清吧里喝酒，又左和其中一个闺密竟然撮合阿源和另一个女生在一起。

阿源这次真的连玩笑都开不出来了。

那天阿源送她们回酒店房间之后就到楼下抽烟，这个时候又左发微信给他：“聊聊？”

阿源收到微信后一抬头，她已经站在了他的面前。

他们沿着街道慢慢走向海边，起初两个人都没有说话。

是她先开的口：“你就没有什么问题想问我吗？”

“没有啊，什么问题？”阿源故意把双手插进口袋，做出一副漫不经心的样子。

他们走上一条石板路，路的尽头通向海边。

“我回温州的时候结婚了。”又左低头说。

阿源怔了怔之后说：“怎么不早说？红包我也没准备一个。”

“源……”又左转头看他的时候，眼眶红了大半。

原来现实生活也可以这么狗血。

又左那天发到FINE上的不是她参加别人的婚礼的照片，而是参加她自己的婚礼的照片。

这场婚礼半年前就已经准备好了。双方家里是世交，男女双方从小就认识。

那是又左在广州的最后一个月，她舍不得幼儿园里的孩子们，想等到他们放暑假后再走。

而就在那个时候，她遇到了阿源。

终于走到了海边。

阿源转身，张开双手把又左搂进怀里。

他趴在她的肩膀上哭了。

“你不要回去好不好……”

“你和我回广州，我会照顾你的啊……”

“我们可以待在厦门啊……”

“我不想这样……”

“你不要走……”

海边的风越来越大。

他傻气又断断续续的话在又左耳边回响。

“你恨她吗？”我问阿源。

“当然恨，最好老死不相往来。”阿源毫不犹豫地说，“不过这是我当时的想法，现在回想起来，如果是我，也很难做选择吧。”

“嗯？”

“连我自己也决定不好的事情，她肯定也很难做选择啊。既然这样，就没有什么好怪她的了吧。”他又回到了一副无所谓的样子，“啊，你别耽误我工作了！你今早布置给我的设计图还没做完！”

谁都不会想要故意去伤害一个人，而所有伤害的权利，也都是你赋予对方的。

在难过绝望的时候，还是应该提醒自己：你永远都决定不了对方如何对待你，但你可以好好对待自己。

相信我，继续向前走，你会找到那个值得你对他说“这世界，缺你不可”的人。

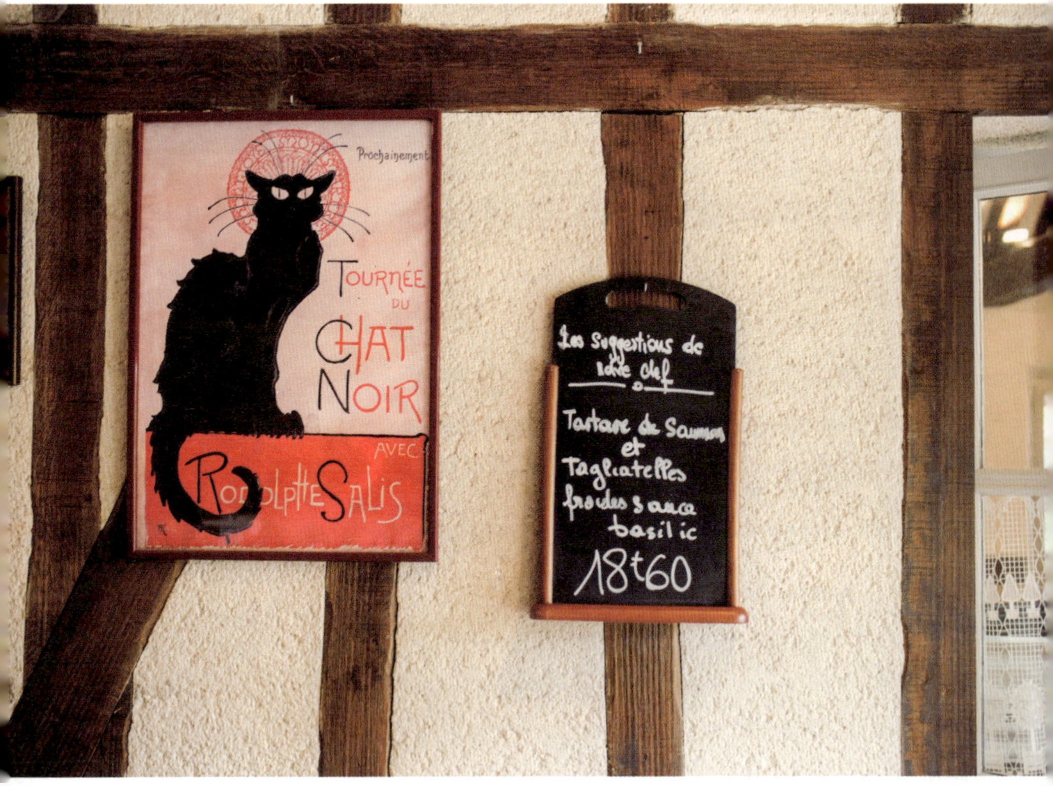
Prochainement
TOURNÉE DU
CHAT NOIR
AVEC
RODOLPHE SALIS
Les suggestions de notre chef
Tartare de Saumon
et
Tagliatelles
froides sauce
basilic
18€60

TALKS

你 会 找 到
更 好 的 自 己

以前念书的时候喜欢一个人，很怕被别人发现。

大多数人的喜欢，其实是希望对方也喜欢自己。

但不说出来的暗恋、怕被别人发现的喜欢，其实并不在意对方是不是会喜欢自己。

这么说，暗恋真的是一种很伟大的情感。

所以不要小看年纪轻轻的自己，你不求回报的喜欢，是一股很多人都没办法拥有的力量。

STORY

这世界，缺你不可

造梦师

我的造梦，是为了圆梦，
也是为了让人得到幸福感。

阳光好刺眼。

我将手挡在眼前，慢慢地睁开了眼睛。

我躺在一张沙滩椅上，但我已经完全忘了自己是什么时候来的沙滩，是怎么来的。

等我的眼睛慢慢适应了光线，我才看到自己面前是一片粉红色的海！

一开始我还以为是海面反射的太阳光线，但是当我起身往海的方向走去的时候，那一片片打来的浪花，真的是粉红色的。

脚底的沙子软得不像话，我干脆坐了下来，用手摸了摸那些沙粒，细腻又柔软。

浪打到沙滩上，盖过了我的脚，海水很暖和，浪潮在岸边留下了深深浅浅的粉红色，太不可思议了！

“David！”我听到有人在喊我的名字。

我转过身看，但身后一个人都没有。

“David，这里！”原来声音不是来自岸上，而是海里。

我看到不远处的海面上，凯乐正在向我招手，他似乎是在冲浪。我仔细一看，哦，不对，他居然站在一群海豚上。

而跟在他后面的，如果我没看错的话，是美人鱼。

凯乐骑着海豚群到了岸边，美人鱼还停留在浅海里嬉戏，她们的样子和好莱坞最近最受欢迎的几个女明星一模一样。

我终于想起来自己在干吗了，这是DC 3的情景模式内测。

“凯乐，这几个明星的肖像权都谈妥了吗？”

“都搞定了，她们的经纪公司很乐意她们出现在DC 3里面。”

“那就好，这个梦境的稳定性还不错，我这几天晚上有点咳嗽，也没受影响。”

“嗯，我编程的时候考虑到了第二代的这个瑕疵。”

“还有其他功能吗？”

“有。”

凯乐话音刚落，蓝色的天空上飘来几只若隐若现的巨型水母。

水母慢慢地向我们靠近，然后悬浮在沙滩上。凯乐带我跳到了水母身上，它们又慢慢地升了起来。

地面越来越远，水母载着我们慢慢升空，因为水母本身就是透明的，往下看就是粉红色的海洋。

我是个有恐高症的人，但我一点也不觉得害怕，甚至想直接跳进水里。

于是我这么做了。

我在空中大概降落了十几秒的时间，然后一头栽进了水里，刚入水的时候还有点疼痛感，但这种疼痛感很快就消失了。我不小心喝了口粉红色的海水，是甜的，草莓味。

内测结束了，我摘下DC 3的头罩时，大家都在鼓掌。

凯乐不愧是我们公司的一级造梦师。

我记得曾经有个记者问我："听说DC创立这几年来，每一个出售的梦境您都要亲自内测，您为什么要坚持这样做呢？"

我当时的回答很简单："因为我喜欢做梦。"

在场的记者都笑了。

DC是Dream Controller的缩写，中文意思是造梦。DC的前身其实是SC，Sleep Controller，我们制造产品的初衷是改善失眠者的睡眠状况，五年前的那场官司至今还历历在目。

五年前，我们推出SC 1产品，现实生活压力太大导致失眠症患者的数量与日俱增，我们的产品一经推出就反响不俗。

但随后不断有严重的失眠症患者给我们打来投诉电话，说使用SC 1之后虽然能睡着，但会有无休无止的梦，让他们感觉身心俱疲。

后来事态愈发严重，一千多名失眠症患者联名把我们告上了法庭，说我们的产品让他们每晚都做梦，说是改善睡眠，却没有实际效果，要求我们赔偿。

最后在法庭上，我们败诉了。

但奇怪的是，一个月后，YouTube①上出现了一段视频。一个曾经因为考试压力太大而患上失眠症的人，在使用了几次SC 1之后，居然可以控制自己的梦。之后他把自己控制梦境的详细方法录成视频，传上YouTube，一天之内，点击量就破了1000万，不少还没有退货的SC 1用户使用几次之后也开始有能力操控自己的梦境。

SC 1这款产品因为官司而停产了，所以我们将品牌改名为DC，Dream Controller，推出DC 1，在纽约、巴黎和北京首发，被抢购一空。

后来我们公开发表声明，在设计SC 1的程序的时候，因为技术原因出现了一个bug（漏洞），也就是因为这个bug，才有了后来席卷全球的“造梦革命”。

但每个人对意识的把控不一样，所以每个人控制梦境的能力也

①世界上最大的视频网站。

不一样。当初传视频到YoutTube上的那个男孩就是凯乐，造梦也是讲天赋的，他就是那个有天赋的人。

我也是。

这也是后来出现了造梦师这种职业的原因。造梦师能够创造出一个有着具体触感、嗅觉和味觉的梦，逼真到让人无法分清现实和梦境，所以想象力缺乏的人如果想要丰富的梦，就必须求助于造梦师的产品。

很多媒体都褒扬我们DC创造了新的社会需求，带来了全新的生活方式，同时圆了很多很多人的梦。

当初我们为DC 1拍摄了一段宣传片：画面是一个黑人小男孩和国际篮球巨星一起在NBA打球，虽然还是小孩，他却拥有惊人的弹跳力和敏锐度，逢投必中。镜头一直锁定在他打球时灵活矫健的身姿和脸上充满自信的笑容上。比赛结束后，小男孩被人群欢呼着抛起。画面切换，小男孩依然是满脸的笑容，但是闭着眼睛，镜头慢慢拉远，小男孩坐在轮椅上，头上戴着DC 1。

最后出现的广告词是：“Dreams never have been so close.”

梦想从未如此接近。

这在当时的媒体圈引起了一阵轰动，也让DC 1创造了史无前例的销售奇迹。

当然，很多人购买这款产品的目的也许没那么伟大，有的人白天辛苦地减肥，而希望能在梦境里大吃特吃；有的人在工作的时候受气，只希望在梦境里狠狠揍老板一顿；也有的人，只是想和自己的偶像在梦里牵手谈恋爱。

当时也有持阴谋论的报纸杂志直接指出我们推出SC 1治疗失眠患者只是个幌子，实际上是为了推出DC的产品，这些全是我们自导自演的。

其实他们说对了一部分。

SC 1那个能够让人控制梦境的bug，是我在最后加进去的。

当时的意识控制技术在国际法上还在打擦边球，如果强调这个功能，势必会引起国际社会的注意，产品还没上市就可能半途夭折，所以我选择用治疗失眠的产品作为掩护。

但我希望你不要误会，我从来没有想过利用造梦技术去做什么坏事。

我刚刚也说过了，我拥有造梦的天赋。

从小我就在父母的争吵中长大，我不得不每天安抚完哭泣的母亲之后，自己在梦境里面制造出一个温馨美好的世界。长大后谈了一场五年的恋爱，最后却无疾而终，这让我更加坚定了打造造梦产品的梦想。

我相信很多人都有比我更加惨痛的经历和感受，因为意外失去亲人至爱，或者是患上不治之症，现实太残酷，我希望能让这些不幸的人在梦境里感受到一点快乐，难道这过分吗？

我的造梦，是为了圆梦，也是为了让人得到幸福感。

“David，”刚回到办公室，市场部总监就来敲门，我从来没有看见过她如此慌张的样子，“今天全体员工的邮箱里面都收到了恐吓视频，已经有两名技术骨干请辞了。”

“又是美国那帮人对吗？”

“这次他们威胁说要在我们公司的饮用水里面投毒……”市场部总监看起来快要崩溃了。

我皱紧了眉头。我让她调来录像设备，这次我要直接回击他们，有什么就冲着我来，对我的员工下手，真是下作。

这样的事情已经不是第一次发生了，我们报过警，国际警察也介入过，但毫无结果。

他们自称美国的一个商会组织，第一次来拜访我们的时候正值DC 2发布，当时我们已经成为全球最值钱的公司。

通过美国大使馆的人介绍，我接待了这些人。

他们直接表明了来意，他们知道我们所有的产品都会自动联网备份，里面有所有用户的梦境记录。

他们想要买下这些记录，作为用户资源倒卖给其他公司。

我直接拒绝了。

他们离开之后，恐吓就接二连三地来了。

其实他们并不知道我们手上掌握的最核心机密的技术，那个技术全公司只有我和凯乐知道全部情况，如果他们知道这个技术，恐怕就不是恐吓这么简单了。

那个技术被我们称为转念。

有句话叫“日有所思，夜有所梦”。你白天想的东西会影响你晚上的梦境。但因为DC技术的不断发展，梦境变得越来越清晰真实，很多使用DC产品的用户都逐渐分不清什么是现实、什么是梦境，而转念技术可以把“日有所思，夜有所梦”给调换过来——通过梦境来影响人们在现实中的行为。简单一点来说，我们只要在用户使用DC产品进入深度睡眠的时候，植入任何一款产品的一丁点信息，这款产品就可以卖疯。

这是一件很可怕的事情。

转念技术的真正代码和算法，只有我自己一个人知道。

“吴总，门口来了很多记者，堵得水泄不通！”

我正要开始录回击的视频，结果安保部的人上来打断了我。

“发生什么事了？”我问。

“刚刚网上发布了一条社会新闻，有个青少年连续使用DC 2三天，不吃不睡，现在进了急诊室抢救。”

真是屋漏偏逢连夜雨。

他们建议我不要马上去见记者，现在正在风口浪尖，我怎么做都会落人话柄，况且那些有家人因沉迷DC而不顾现实生活的人自发组成了反DC组织，我出面受到攻击的可能性很大。

同时他们建议我不要录正面反击美国商会组织的视频，激怒他们对我来说没有什么好处。

我重重地叹了一口气。

我的初衷很简单，只是想给大家带来一个美好的梦境，为什么会发生这么多的事情?

现在的我只想戴上DC头罩，好好地做一个梦。

“好，那我去模拟室待会儿，你们不要打扰我。”

模拟室是属于我自己的造梦室，里面有每一个我亲手打造的梦境。

进了模拟室之后，我躺了下来，戴上了全新的DC 3头罩。

我醒来的时候，发现自己在巴黎的花神咖啡馆里打了个盹。原来刚刚是个梦啊，我想。

我抬头，你坐在我对面，笑眯眯地看着我。

“我睡了多久啊？”我揉了揉眼睛。

“我也不知道，”你揉了揉鼻子，“你像头猪一样，我都不忍心吵你。”

“我还以为……”我把后半句“我们分手了”吞了回去。

“你还以为什么？”你问我。

我不好意思地笑了笑：“没什么，那我们现在去哪儿？”

“我们出去逛逛吧。”你说。

“好。”我站起身，牵起你的手。

我们从花神咖啡馆的二楼下到一楼，你打包了一份蓝莓塔说要带回去吃。其实你才是猪吧，小馋猪。

巴黎的街道上有一股浓郁的面包香味，天很蓝，路上说什么语言的人都有，然后你教我说法语。

“上次我教你的‘好吃’你还记得怎么说吗？”

“我记得，跟英语有点像的，‘地理思修’！”

“不对不对，你怎么这么土，是délicieux！”

“哈哈，读起来差不多啊。”

“法国人会笑你的，大白痴！还有‘很高兴认识你’怎么说？我教了你好多回的。”

“……”

“你又忘了！”

“哦，对了，有句话要对你说的我记得。”

“什么？”

“Je t’aime（我爱你）.”

你笑了，笑得真好看，我真的很喜欢逗你。

紧接着，面包的香味消失了，你也突然不说话了，没了表情，行人走得越来越快。

梦境被撕碎了。

我的头罩被强行拔了下来。

然后我看到凯乐拿枪指着我的胸口。

我还没来得及说话，他就开了枪。

我摔倒在地上，视线逐渐变得模糊。

我最信任的凯乐，他还是背叛了我。

但他也许忘了，自己也是在梦中。

DREAM

TALKS

正能量就是过好一个人的小时光

“为什么你总是好像有满满的正能量？”很多人会留言问我这样的问题。

什么是正能量？说说我的理解。正，说的是一种心态，遇到再大再难的问题，都还是抱着坚挺的心态，该吃吃，该喝喝，该笑笑。既然愁眉苦脸解决不了问题，那为什么不咧开嘴巴笑笑？哭不出来，就笑一个。

能，说的是一种能力，我认为这是一种找到自己喜欢的事情的能力。每个人都会有自己天赋异禀的地方，或者无论经受多少打击都能够坚持下去的事情。找到这件事情需要不断地尝试，这个过程可能需要花点时间，但你总会找到的。

量，说的是重复做好一件事情的恒心和毅力。饮食、运动、护肤、阅读，这就是我的生活习惯，无论哪一样都需要坚持，量变才能产生质变。

养成适合自己的生活方式，就是提高自己颜值和气质的过程。

这也是我常在微博里说的，好好地对待自己一个人的时光。

STORY

这世界，缺你不可

你看到了吗，
我在等你

我不是那么梦幻的人，我也知道这很可能到头来只是一场很长很长极其详尽的梦。

只是跟她聊天的时候，看到她在字条里说的话，我都觉得莫名地开心。

我在巴黎住的房子，走两步就可以到巴黎圣母院，离莎士比亚书店也很近。所以第一天到巴黎的时候，等他们都睡了，我就一个人揣着一张信用卡，慢慢地沿着街边散步，经过圣母院，再走到书店。

莎士比亚书店有着悠久的历史，它从一战时期起就存在了，一开始是因为售卖英文书籍而闻名。当然巴黎也有很多很棒的书店，但这家书店的独特之处就在于专卖英文书籍。这里可能要解释一下，法国是一个……怎么说，挺傲娇的国家，路牌上不会有英文，居民也大多不懂英文，当然，这并不表示他们不友好。在这样的环境下，这样一家小小的书店能够在巴黎的文学界具有一定的影响力，真的是一件很不可思议的事情。关于这家书店的说法，最出名的大概是曾经住在巴黎的作家海明威，当时是这家书店的常客。

书店的空间不大，门口涂了墨绿色的漆，是那种一看就很有亲切感的地方。

走进去的时候你可能会惊讶于书店里面居然这么小，而且几乎利用了每一处可以利用的空间摆书，所有的书架上没有一丁点多余的位置。

我找到通往二楼的楼梯，爬上去的时候看到上面有人在等我上来之后再下去，因为楼梯真的很窄，只能容一个人通过。二楼有三个隔间，其中一间居然放了一架钢琴，还有人现场演奏，感觉不像是特意请来的，因为弹得很随意。楼梯后面还放了一张很窄的床，听说书店的第一任主人就一直睡在书店二楼。这个地方还曾经收留过4000多个文学学者，书店主人通常不收他们房租，只要他们第二天义务在书店帮两个小时忙就可以了。

而现在那张床上坐着两个正在看书的小孩。

我也坐了过去。挨着床的墙壁上全是留言贴纸，我一张张地读。来自世界各国的人留下的字条，有日文的、韩文的，我都没怎么看懂，大部分还是英文的。在墙的右下角，我看到一张用棕色钉子钉住的正方形便条，上面用娟秀的中文字写着：“有中国的朋友在吗？我好想念温州啊。”

想不到这么巧，我找到纸和笔，写上：“大中华的儿女在这里，我也想念温州的鱼饼汤。”

然后钉在那张字条上面。

没想到第二天我去逛莎士比亚书店的时候，那张字条上钉了一张新的字条：“同学你好，你也是在巴黎念书吗？”

我用笔写好：“不，我就是一个路人，不过很喜欢巴黎！”然后像她一样，把新的字条盖上去，钉好。

第三天，我已经不意外有新的字条了，上面写着：“这里中国路人很少。看你的字，你是男生对不？”

我笑着回：“你这是在笑我的字难看吗？看你的字，你应该是女生咯。”

不知道为什么，我开始想象这个女生长什么样子。长发？喜欢看书的女生应该是胖乎乎的。

第四天，我一回到住处，胡乱吃了饭就背着相机去了书店，这次我想拍些照片。去的路上感觉很兴奋，也走得很快，虽然有点莫名奇妙，但是很想快点看到她今天给我留了什么话。到书店之后匆匆爬上二楼，我看到了新的字条：“是啊。对了，我给你推荐一本书吧，在楼下左边第一个书架第三排，有本介绍法国城堡的图册 *France Classical Castle 1940*，你肯定会喜欢。”

我马上又留了一张新的字条钉上去：“好，那我也推荐一本，我不能确定你喜不喜欢，但我和我妹妹都很喜欢，书名是

The Miraculous Journey of Edward Tulane（《爱德华的奇妙之旅》）。”

写完我就去了一楼，找到她所说的那个书架，翻了很久，结果发现都是小说。

然后我就问了书店的工作人员，结果英国口音的店员说没有听说过店里有这本书。

我自己又找了找，也没有找到，决定上楼再补张字条。

结果我发现在我给她推荐书的那张字条上面，居然已经有了一张新的字条，上面写着：“谢谢。你现在在书店里面吗？这么快就回我了。”

我不可思议地拿着字条，左右看了看，已经是晚上，书店里没几个人，看起来也都不是亚洲面孔。

早知道刚刚不那么快下楼了，看起来刚好错过了这个女生。

我又留了一张字条：“看起来你刚刚离开，我在楼下找了好久你推荐的书，可是店员都说没有。”

写完之后我就拿起相机四处拍一些店里的照片，想要拿回去留作纪念。

走之前我又看了看那个留言墙。

呃，不是吧？棕色钉子下面又有了一张新的字条。

“我没有走啊，我坐在这里看书，你在哪儿？”

我不可置信地四处张望，这个隔间里只有我和另外一个年纪比较大的白发老奶奶，我开始怀疑这是一个恶作剧了。

“同学，没必要玩这种无聊的游戏吧？这里只有我一个人。”写完之后我将字条用力地钉了上去。想了想，我决定就坐在这里，哪里也不去，看看这个人到底还想怎么耍我。

在那里坐了好一会儿，十几分钟吧，没有任何动静，我猜她是想等我离开后再偷偷把字条钉上去，所以我起身假装离开。

回头又看了一眼留言墙，发现不知道什么时候字条被动过了，上面写着全新的字。

“我不懂你的意思，我在好奇你是怎么把字条钉上来又不让我发现的。”

这个问题应该由我来问才对吧？我马上拿起笔：“同问。这到底是怎么回事？我在二楼的楼梯隔间这里，我叫David，你可以过来直接喊我名字。”

我钉完自己写的新字条之后就一动不动地看着字条的位置，我要看看到底是怎么回事。

等了大概三分钟，不可思议的事情发生了，棕色钉子被悬空拔了出来，然后又重新钉上，这个时候，上面已经有一张新的字条了。

“我叫谭静。我在二楼找遍了，还到楼下看了一遍，店里没有其他中国人，你是黑头发的对吧？”

我不敢相信这真的在发生，重点是我觉得她没有撒谎或者捉弄我。

“我们在门口见吧，门口有张长凳，我坐在那里等你。”

我留了字条之后并没有离开，而是把手机拿出来，开启录像功能。两三分钟之后，那个钉子再次被悬空拔了出来，然后又好像被空气钉了回去。

上面只有两个字：“好的。”这真奇怪，幸好我用手机拍了下来，不然连我自己都不敢相信，觉得这一定是胡扯或者做梦。

我几乎是跳着跑出了书店，门口的长凳上的确坐着一个人，但是一个抱着小孩的妈妈。

我没有坐下来，就站在那里等。

那应该是我这辈子最紧张的20分钟。

门稍微动一下我就盯着看，这期间出来的人没几个，其中看起来像亚洲人的只有一个日本大叔，没有任何亚洲面孔的女生。

我不敢擅自跑回去，因为怕刚好错过。

20分钟后，我实在等不及了，就重新回到书店的二楼隔间。上面有一张新的字条：“等了你15分钟还不见你出现，我先走了，明天还有课。”

我觉得这真的是会让人疯掉的。

我坐在二楼的床上，想着应该怎么回复她。最后我决定主动一点："谭同学，你有微信吗？希望有机会认识你。"

过了好久，棕色钉子也没有反应，我有点垂头丧气，背着相机回了家。

那天晚上我翻来覆去睡不着，反复看着手机里那段视频，觉得这一定是书店里的某个机关，或者是装了摄像头的整人节目，等我露出可笑的白痴表情的时候，主持人就会跳出来说："我们在录节目，对着镜头笑一个，哈哈哈。"

真的太不可思议了。

第五天，我一路跑去莎士比亚书店，今天我一定要把一切搞清楚。

她的新字条上面是这样写的："奇怪，我找不到你推荐的书，作者是谁？还有就是，我没有你说的微信，不过你可以写信给我，这是我在法国的地址：12, place du Pantheon, 75 231 Paris cedex 05."

"你有电话吗？你现在还在这家书店里吗？"我马上拿起笔回复她。

过了一会儿，昨天的景象又出现了，钉着她的字条的棕色钉子被悬空拔了出来，重新钉回去的时候新的字条出现了："David，你绝对不敢相信我刚刚看到了什么，我看到你的字条凭空出现了！"

这个笨蛋居然现在才发现吗？

还没等我回复，墙上又出现了一张新的字条："David，你是个魔术师吗？我见过这样的表演，你藏在墙后面，用磁力做的这一切，我说得没错吧？”

她以为我是大卫·科波菲尔吗？

我扯下一张新的纸写上：“我没有，我也不敢相信发生的这些，我用手机全部拍下来了，但我也不知道该给谁看好。”

她回复的时候居然问我：“手机是什么？这太不可思议了。”

“你确定你是在法国巴黎的莎士比亚书店吗？”我问她。

“我确定，这里旁边是一家皮具店，走过两条街就会到巴黎圣母院。”

我记得清清楚楚，书店右边没有店铺，是街尾，只有左边紧挨着一家咖啡馆。

我终于想到了自己心里最大的疑惑：“现在是哪年？”

过了一会儿，崭新的字条上面写了四个阿拉伯数字：1970。

这不可能是真的，我现在一定露出了可笑的白痴表情，主持人你可以出来了，快！

没人出现。

我迅速地写好字条再钉回去：“你能证明吗？”

又是一段让人紧张的等待。

新的字条上面写着：“证明什么？”

我从来没有这么快地写过字：“我在2014年，你能证明你在

1970年吗？”

这一次等得更久，大概过了十分钟，钉子下面出现了一小片报纸，我拿下来仔细看，是一张英文报纸，上面写着1970年10月13日，有中国和加拿大建交的黑白照片。

过了一会儿，字条换了：“轮到你了，你能证明自己在2014年吗？”

我上网搜索了1970年的大事记，然后回复她：“我说的可能没有办法马上验证，1970年上映的电影《巴顿将军》获得了第43届奥斯卡金像奖最佳影片。”

“真的吗？我很喜欢这部电影！哈哈，我好高兴。”

虽然很诡异，但她其实挺可爱的。

接下来的几天，我们每天都约定了同一个时间在莎士比亚书店“见面”。

她告诉我，那个年代中国人出国留学的机会很少。她刚到法国一个月，法语不好，身边连个说话的人都没有，她发现了这家卖英文书的书店，虽然不是中文，但终于有她看得懂的文字了，所以就经常泡在莎士比亚书店。

她在温州也有一个小妹妹，她说自己要过来留学的时候，小妹妹是哭得最凶的一个。

她告诉我一定要去莫奈花园一趟，那里的花是她见过最最漂亮的。

她对未来的所有事情都很好奇，只是我解释得不太好，说了半天她也不懂什么是App。

这样一来一往，我发现两个人说话的时候有些不一样的感觉。

怎么说，有点暧昧。

她既然可以把报纸传过来，我就试着把我的一张宝丽来照片传给她，居然成功了。

她也给了我一张她的照片，照片里是她小时候的样子，搂着一个比她还小的女生，笑得很灿烂。

我不是那么梦幻的人，我也知道这很可能到头来只是一场很长很长极其详尽的梦。

只是跟她聊天的时候，看到她在字条里说的话，我都觉得莫名地开心。

两天后的一次聊天，我等她说自己回家了之后，留了一张字条："你觉得我们有可能见个面吗？"

因为隔天我就要离开巴黎回中国了，我在想是不是能有机会在巴黎或者中国和她见上一面，虽然在我这个时空里，她已经六七十岁了。

去莎士比亚书店的最后一天，我带上了一本薄书，我想尝试把书钉上去送给她，因为这就是我之前跟她提过的*The Miraculous Journey of Edward Tulane*，是在那个时代还没有诞生的故事。

那天书店里的人有点多，可能因为是周末吧。

我照旧在窄窄的楼梯下面，等着上面的人先下来，然后迫不及待地爬上去。

终于走到了熟悉的书店主人的床前，我发现，留言墙被清空了一大半。

我急忙翻找我们之前的留言，发现我们的字条，一张都不剩了。

这真的是梦。

不对。我摸摸自己的口袋，掏出来的是她小时候的照片。

这不是梦。

我跑到楼下问店员为什么留言字条没了大半，店员跟我解释，留言墙上面字条太多了，所以每隔一段时间就要清理一次。

快要绝望的时候我想到一个办法。我重新跑到二楼，我要找棕色的钉子，只要找到棕色的钉子钉回到原来的位置就可以联系她了，我们之所以可以交流，一定也是因为棕色的钉子！

我看到那面墙上有好几十个棕色钉子，我找了一个感觉最像的，写了几个字："你在吗，我是David。"

接着坐在那里屏着呼吸等。

发现没有反应之后，我在所有的棕色钉子后面都钉上了一样的字条。

"谭静你看到了吗？我在等你。"

但是整个晚上，那些钉子再也没有动过。

24
We Can Do It

SHAKESPEARE AND COMPANY
SHAKESPEARE AND
City Lights Books

TALKS

我想照亮更多的人

每天八点半起床的我，睁开眼睛后的第一件事，就是打开微博，一条条地看评论和留言。有骂我的，但也有很多说喜欢我的，或者是用调侃的方式表达对我的喜欢的。有点不好意思，但也得承认，被人喜欢的感觉，真的很棒。

不知道你有没有听说过一个叫爱德华的陶瓷兔的故事。

爱德华是一只用陶瓷精心打造的兔子。他每天都穿着小主人艾比琳给他量身定做的衣服，在艾比琳那么多的玩偶里面，他得到了最多的疼爱。但他极度自负，个性冰冷。他接受着超出一只玩偶应得的爱，却觉得理所当然。有时候他甚至还会觉得主人太黏着他了。他从没想过爱别人，他也不愿意去想。

有一次艾比琳带他坐船旅行，爱德华被失手掉入了无穷无尽的海水。他面朝着黑暗的海底，从一开始觉得艾比琳肯定会不顾一切来救他，到后来过了很久很久都没有动静的失望落寞。这是他第一次感觉到害怕。

后来他被渔夫打捞起来带回家，又掉入垃圾堆，跟着流浪狗一起睡在火车里，被妇人捡起，当成稻草人被乌鸦啄咬，被小男孩偷走送给妹妹，陪伴着妹妹以为得到了幸福，但又要看着她因哮喘死去……

直到最后爱德华被摔碎，他才学会什么是爱。

先感受到爱，后感受到伤害的感觉是很疼的。但先被伤害，就会特别特别珍惜爱。

4岁的时候我寄住在上海亲戚家里，亲戚家很大很豪华，但爸爸妈妈都不在我身边。

6岁的时候爸妈带着我去哈尔滨做生意，我们住在学校附近的两室一厅里。爸妈每天都会吵架，有一次爸爸摔了家里的玻璃柜，我放学回到家的时候看到妈妈蹲在地上一点一点地清理满地的玻璃碴儿，我害怕得只会抱着妈妈哭，一句话都说不出来。

7岁的时候爸妈离婚了，但没有告诉我。有一天我还在上课，爸爸突然拎着我的行李到学校把我给接了出来，让我住到了一个舞蹈老师的家里。住在舞蹈老师家里的时候，有一次我跟她儿子打架，她推开我，说："你这孩子到底还有没有人教了？"

8岁的时候我回到了温州，住在外婆家，妈妈差不多半年回来一次。我做了一个倒计时的本子挂在墙上，每过140天，我差不多就能见到妈妈。

9岁的时候妈妈接我到广州念书。广州的家很漂亮，妈妈住在二楼，我住在三楼，但我经常半夜跑到二楼看妈妈还在不在，心里总是隐隐约约担心妈妈会突然不见。

10岁的时候我被送进了寄宿学校，两个星期才回一次家。每次过完周末妈妈送我回学校的时候，我都会抓住车里的东西，不肯下车。我不想回学校是因为我不会说广东话，同学有时候用广东话嘲笑我，我听不懂，但我知道那是脏话。

11岁……

直到18岁，妈妈怀孕了。生出来的是一个眼睛小小、鼻子小小，手和脚都很小很小的小女孩，叫沛沛。

她在婴儿床里不停哭闹的时候，我伸出一根手指放在她的手旁边，她会用小手紧紧地抓住我。这可能只是她下意识的动作，我却感到了强烈的被需要的感觉。

我也第一次觉得，有人叫我哥哥，真的好骄傲、好自豪。

如果可以，我愿意用我的所有，让她感觉到幸福。我小时候感受过的害怕、自卑、难过、孤独，我一丁点也不要她体会。可能也是因为18岁的年龄差，让我面对她的时候更有了一份庄重的责任感。我希望她幸福，也希望她懂得爱别人。

19岁的时候，我从160斤的胖子顺利减掉40斤。当我把减肥前后的对比图放上网络的时候，一下子引来了好多人的关注，他们管我叫减肥励志哥。瘦下来之后我开了我的第一家男装店，一开始卖的是我减肥成功后臭美买的、穿过的二手衣服。

20岁的时候，我决定把男装发展成自己的事业，也没有再从家里拿过钱。我大学宿舍里的座位两旁，堆满了我开服装店的货物。客服、仓管、页面设计全部是我一个人包办。因为念的是重点大学，有同学私底下笑我是淘宝low男。微博上有越来越多的人关注我，也是他们让我不要在意别人的看法，坚持做自己想做的。

22岁的时候，男装店做到了一皇冠，我也因为工作的时候饮食不规律，引发胃炎，第一次住院。年底的时候我做了一件自己觉得很骄傲的事情：我用自己挣的钱带着全家去了日本旅行。

23岁的时候，男装店三皇冠，但一次去韩国的旅行让我萌生了创立护肤品牌的想法。也是这一年，人人网的一个网友将我和沛沛的生活照连在了一起，给了我一个“中国好哥哥”的称号。那段时间我的微博引来了百万粉丝的关注，也有铺天盖地的黑子谩骂……

24岁的时候，护肤品牌朴尔因子在几次淘宝活动中登上美妆榜前三名，达到五皇冠。工作室从原来的200平方米，扩大到现在的1500平方米。我在6月份因为长期久坐而患上颈椎病，每天都要通过理疗缓解疼痛。每一点的进步都是需要代价的，这句话我一直记得很牢，因为没有人比我更清楚，我今天所拥有的一切，究竟是多少个日日夜夜的努力换回来的。

想得越多，越想感谢很多很多的人。

骂我的，黑我的，讽刺我的；喜欢我的，义无反顾支持我的。

我没有想过当偶像。但是你们的喜欢像阳光一样，赶走了我所有的害怕、自卑、孤独和难过。

我知道自己有很多很多的缺点，所以我拼尽全力努力成长，因为，我也想照亮更多的人。

后记

你们做的
每一件事
都在我心里

My dear：

你们好，我是吴大伟。

很久没有这样正式地写过一封信了。其实平时看到微博下的留言，或者是微信平台里的留言，我都有很多想说的话，但话到嘴边又没说出来，我就在心里默默地记了下来。嗯，今天我想慢慢地讲给你们听。

2012年，我发布了一篇关于自己减肥经历的微博。那时候刚刚开始有人关注我，有一个叫乐乐的女生每天都会给我留言。当时我在念大一，也是开始尝试创业的阶段。她每天都会在微博下面跟我讲述她的生活，风雨无阻，而且每次她只要感觉到我的微博有一点点不对劲或者是我有点气馁的时候，她就会给我的邮箱写长信，信里说的是从古到今各种各样的励志故事，为的就是给我鼓劲，给我加油。后来我们成为很好的朋友。她今年出国留学了，但直到现在，她还是坚持每星期给我写信。其实无论是乐乐还是你们，我从来没有把哪个喜欢我的人当成粉丝看待过，因为在我眼里，我们这一路，一直是在彼此相伴成长。

2013年，我因为一个偶然的机会参加了一个电视节目的录制。我记得刚录没几次，有一次台上一个男嘉宾过生日，现场有个喜欢他的观众捧了一个蛋糕上台给他庆生，然后旁边有个小女生也跟着上来了，她也捧着蛋糕。主持人问她怎么会有两个蛋糕的时候，她接过话筒说这个蛋糕是送给大伟的。主持人说可是今天不是大伟的生日啊，然后那个女生小声说，昨天是他的生日，可是昨天没有录，所以我想今天补送给他。那个时候在节目上没有什么人留意到我，更别提知道我的生日了，这件事我后来每次回想起来，都还是觉得很感动、很开心。那个女生叫丢丢，后来她成了我的粉丝后援会会长。

和她一起做管理的几个女生我都认识，亮亮（她最近订婚了，恭喜她）、果果、郭子，还有一直支持我的好多好多人……我觉得在这个时代，喜欢和不喜欢一个人，其实变得很快，距离这档节目过去已经两年了，这些人却一直留在我的身边。后来有很长一段时间我都忙着创业，没有什么活动和“出镜率”，可他们也都一直一直没有变过。我在微博上说想要吃点什么，你们就张罗着要给我寄，每年沛沛和我爸妈生日到了，你们记得比我还牢，提前一个月就开始准备策划……

其实我真的不是一个喜欢享受虚荣的人，但你们每一个人的喜欢，都一点一点变成我的能量，让我成为一个更强大的人。有困难，有挫折，那又怎么样？只要你们一直都在，我就不怕，真的不怕。

后来，关注我的人越来越多，也有各种各样骂我、黑我的人，但我一点也没有在乎过。既然有人这么坚定地支持我、喜欢我，我把心思全部花在这些人身上都来不及。跟骂我的人过不去，一点必要也没有。

2014年，我开始以朴尔因子创始人的身份，受邀去各个高校开创业讲座。我记得那次在湖南的讲座结束，工作人员带我从后门离开的时候，有个女孩拿着本子站在门口等了很久，想让我在上面签名。我停下来问她的名字，准备写句话送给她，后来有人发现我要从后门离开就叫了起来，然后所有人都拥了过来。工作人员为了维护现场秩序就把门关上了，连同那个女孩也推了出去，隔着玻璃门，我看见那个女孩哭了。紧接着我就被工作人员带回了休息室，手上还拿着那个女孩给我的本子。我翻了翻，里面都是我的照片和对我说的话，当时我真的觉得很难受，我想如果换了我去见一个自己喜欢很久的人却被拒之门外，我也会很难过的。后来我设法在微博上联系到了那个女孩，亲手选了一份礼物送给她。

这样的事情还有很多。每一次我觉得自己没有做好或者辜负了你们的期望的时候，我一个人回到酒店以后就会想很多。我希望每一次让你们看到的，都是我最棒最好的样子。

上个月我说了来北京开新公司之后，好多人不止一次说要来看我，给我送东西，看我过得怎么样，缺不缺什么，习不习惯……上个星期我收到私信，里面有好几张照片，是一个女生在798拍的，和我发在招聘微博里的照片的角度一模一样。她说自己在798找了整整两小时也没有找到我们，天气很热，让我小心。看到后我就和我们的行政到楼下去找，但最后没有找到。后来我才知道她坐了五个多小时的车过来找我们……

我能做的真的很少，我也常常因此觉得过意不去，但能成为你们一直支持的人，是我心里最最骄傲的事情。

还有每条微博都评论的你们，一直坚持给我发私信的你们，逗我、“黑”我但我知道也是出于喜欢的你们，就算自己不开心也要来调侃我让我开心的你们……可能我们的距离很远很远，可能我们至今都未曾谋面，但这段相互陪伴的时光，值得我一直珍藏。

喜欢一个人，就是要为了他去努力变成一个更好的人。这句话我觉得是对喜欢最美好的定义了。

我们在年轻的时候，会迷茫，会对未来不知所措，会遇到挫折，会因为一个人受伤，会被背叛，会遭遇不快乐。而那个喜欢的人，能够给你光，给你力量，给你在雨天的泥泞中继续前行的希望。因为他也经历过这一切，他也承受过这么多，但他还是坚持下来了。

我们终有一天会长大，那又怎么样呢？我们终有一天会不再喜欢这个人，那又怎么样呢？我们终有一天会面对生活残酷无情的一面，那又怎么样呢？

我们在相遇的这段时间里，彼此都在努力成长为更好的人，这就够了，不是吗？

想在今天这个浪漫的日子，说句浪漫的话：还好有你们。

你们做的每一件事，都存在于我心里。

吴大伟

2015年5月20日

吴大的日常微博

每一天，缺你不可

@吳大偉DvWooooo

@吳大偉DvWoooooo

@吴大偉DvWooooo

@吴大偉DvWoooooo

@吳大偉DvWoooooo

@吴大偉DvWoooooo

@吴大偉DvWoooooo

@吴大伟DVWoooooo

我们都曾经对世界充满了好奇，
小时候总喜欢拉着大人的手跑在最前面，
担心错过哪怕一点点的新鲜风景。
希望你长大之后还能保留这份好奇，
去看看这个世界和我们想象中的有什么不一样。

每去一个新的地方，我都会拍很多照片，
这样以后我就可以拿着这些照片再带你重新游历一次，
告诉你当时的我是什么样的心情。

那些你一笑就跟着你一起笑的人，不是傻，就是真的爱你。

幸福可以来得慢一些，
只要是真的。

不要为了一个不爱自己的人，变成一个自己都不爱的人。

有人紧握你的手就有可能会松开，
有人给你承诺就有可能会食言，有人爱你还是有可能会离开，
即使这样，越是经历糟糕的事情，就越要觉得一切都会好起来。

总有一些人在你快要撑不下去的时候给你力量，在你找不到方向的时候给你光，在你懈怠的时候给你抛狠话，在你失落的时候给你一个肩膀。我们都还年少。也许有一天，你们要面对生活而逐渐忘了现在稚嫩的自己，我还是想谢谢你们，因为你们曾经是我生活的一部分。

放心，会有人成为你最美好的邂逅、最不舍的再见。

其实我们一直都没有长大，只是看起来像大人了而已。

如果你不想，一个理由就可以让你放弃，
如果你执意，一个理由就足够让你继续。

不要因为一两个人对你的评价就否定自己，你要相信你有你的360度，
不是每个人都能看到的。

很多时候问别人的意见不一定是想听别人的答案，
而是为了肯定自己的想法。

如果你觉得自己真的已经糟糕到谷底了，
那么无论往哪儿走，都是在攀升。

图书在版编目（CIP）数据

这世界，缺你不可/吴大伟著.—长沙：湖南文艺出版社，2015.9
ISBN 978-7-5404-7290-0

Ⅰ.①这… Ⅱ.①吴… Ⅲ.①故事—作品集—中国—当代 Ⅳ.①I247.8

中国版本图书馆CIP数据核字（2015）第192005号

上架建议：励志·青春文学

这世界，缺你不可

作　　者：吴大伟
出 版 人：刘清华
责任编辑：薛　健　刘诗哲
监　　制：毛闽峰　李　娜
特约策划：刘　霁　李　颖
特约编辑：谢晓梅
营销编辑：刘碧思　李　素　张　璐
封面设计：棱角视觉
版式设计：利　锐
封面摄影：何允乐
出版发行：湖南文艺出版社
（长沙市雨花区东二环一段508 号　邮编：410014）
网　　址：www.hnwy.net
印　　刷：北京尚唐印刷包装有限公司
经　　销：新华书店
开　　本：880mm × 1270mm　1/32
字　　数：176千字
印　　张：9.5
版　　次：2015年9月第1 版
印　　次：2015年9月第1 次印刷
书　　号：ISBN 978-7-5404-7290-0
定　　价：39.80元

质量监督电话：010-59096394
团购电话：010-59320018